日語50音

完全自學手冊

修訂版

王心怡——著
Hikky Wang

晨星出版

推薦語

～感謝各界菁英推薦～

犬山日語教室創辦人　犬山俊之

「千里の道も一歩から」王先生のこの本で日本語学習の最初の一歩を踏み出しましょう。最高の第一歩です！（「千里之行始於足下」跟王老師這本書一起踏出學習日語的第一步，就是最好的開始。）

企業人文講師　楊田林

感官應用越多，學習效果越好。

這本書編輯清爽，有字，有音，有圖像，有想像力連結，可以動手練習筆順。動用到「眼、耳、口、手、心、腦」，在多重感官刺激下，一定可以幫助讀者更輕鬆學會日語 50 音，而且記得更牢。

崇越科技事業群總經理　林志豪

Hikky 老師最拿手的絕活，就是利用她親自手繪、生動有趣的聯想圖，搭配漢字起源說明，將艱澀難懂不易背誦的平假名、片假名，透過非常容易理解記憶的方式讓讀者瞬間融會貫通。

國立陽明交通大學理學院副院長　陳俊太

在我學習日文的歲月中，發現如果只是單純的記憶跟死背，學習起來不只是枯燥，而且很容易忘記。Hikky 老師開發了結合視覺化與有趣的聯想法，幫忙初學者可以把 50 音記得又快又牢，是本值得推薦的好書。

國立清華大學科技法律研究所副教授　林勤富

Hikky 老師的日語教學，展現深厚的日本歷史與文化底蘊，更透過生動有趣的獨家聯想法，幫助學習者迅速理解並牢記關鍵知識。誠摯推薦這本深入淺出的《日語 50 音完全自學手冊》給所有日語學習者！

國立政治大學日本語文學系助理教授　葉秉杰

本書透過聯想及插圖的方式，讓初學者能夠以活潑的方式學習日文假名，另外還有可以現學現賣的實用日文小知識，是一本可以輕鬆學日文的入門書！

九州大學中文講師　賴怡真

這本書，希望對所有初學日語的您們，能夠開啟一個通往新的世界的門扉，也祝福每個學習日文的您們，都能透過日文，遇到特別的那個人，並實現特別的人生。

新貴語文顧問有限公司創辦人暨執行長　Clarence M. Davis

身為東京愛好者的我，從沒遇過日文老師在教 50 音的時候，會這麼用心地想出超有記憶亮點的圖像聯想和口訣。一直以來，我對片假名真的是敬而遠之，但 Hikky 老師的教學超級有趣又有神效，現在看片假名，整個就是「一塊蛋糕」，簡單到不行。

麻葉餐飲執行長　魏幸怡

沒想到圖像聯想也能用在學習日文！用圖像來記 50 音學習效果出乎意料的好！

暢銷作家「英語自學王」　鄭錫懋

身為英語自學者，我更明白有人帶路的幸福。
這真是一本有架構、有情懷的日語學習指引。

春水興業集團策略長　劉彥邦

你想要一輩子學日文嗎？還是學好日文用一輩子？
相信我，看完這本書，快速掌握 50 音並且記得一輩子！

春水堂人文茶館協理　劉彥伶

日文苦手有救了！圖文並茂搭配活潑生動的說明，原來自己就能聰明學好 50 音！
搭配各種實用的應用句型，日文入門一點都不用怕，光放書架都能令我安心一半！

目次

片假名

特別音

作者序

　　筆者在教學 11 年的期間，發現即便很有語言天份的學生，也會在假名的記憶和學習上花費很多時間，快則一週，慢則二個月。特別是片假名的部分，更是有感觸。很辛苦學會的片假名，卻因為沒有時常應用，忘得也很快。久而久之，假名的記憶成為學習者在學習日文時的一大關卡，甚至有人因此而產生日文很難的刻板印象。而我在教學時，亦發現學生常會有混淆和記不起來的現象，於是才有了對假名做聯想的契機，利用聯想教學，意外發現對學習效率和記憶持續有大幅提升的效果，才進而有了這本書的產生。

　　這本書能夠成功上市，首先感謝晨星出版社怡芬主編的賞識以及辛苦的製作團隊——順琪及美編。還有我亦師亦友的朋友——《英語自學王》作者鄭錫懋先生的推薦，沒有你們，這本書的內容只會一直存在我的腦裡，沒有機會問世。另外，也非常感謝從研究生時期起就擔任我許多教學時解惑角色的九州大學賴怡真老師及其夫婿大場健司老師，除了義不容辭擔任這本書的審訂者，也給我許多好的建議。另外，也感謝在我創作聯想圖時，指導我如何讓圖更生動、線條更好看的徐文彥老師，以及指導心智圖製作及修正的企業名師趙胤丞老師。身為一個繪畫素人，這本書裡的聯想圖，每一筆每一畫都是經過不斷刪除、修正，只為能給讀者帶來更貼近假名聯想的感動或者會心一笑。曾經有過好幾次一天畫了超過 10 小時，卻只畫出 2、3 個小圖的艱辛過程。最後能夠完成，我想我應該是抱持了跟學日語或日語教學一樣，認為努力到底總會有成果的阿甘精神吧！

感謝我的先生及父母,在我創作時,包容我無法對家事盡善盡美的同時也替我完成許多該做的家事。謝謝在我人生中累積日文實力時,給我人生最大影響的政治大學日本語文學系吉田妙子教授、台中犬山日語教室創辦人犬山俊之老師,你們都是我生命中對我影響最深的老師,你們的知識涵養、對教學的信念,都已深植在我心裡;謝謝企業人文講師楊田林老師、CLN 語文顧問公司創辦人暨執行長 Clarence,你們對教學熱情與心法深深感染了我;感謝政治大學日本語文學系葉秉杰教授提出本書尚可補充的內容,讓它成為一本更值得閱讀的書。

謝謝我的學生們,你們是我創作的契機;謝謝我的好友們,在我懶散、灰心時給我關愛以及督促,讓我有能力繼續邁開步伐,寫完這本書。

特別感謝為本書寫序、以及掛名推薦的 13 位朋友、老師們,是你們讓這本書變得更完整、更特別,能夠有機會成為更好的一本書。

最後,要感謝我的主耶穌,是祢成就了我那些微小的、遠大的夢想,讓我的人生被賦予了一些意義及使命,使我有機會用自己微小的力量,讓學習日文的人,能夠因為這本小書產生對日文的喜愛,進而用日文實現每一個夢想,成就他們的人生。

最後的最後,謝謝每一位打開這本書閱讀的你們,希望這本小書,能夠為你帶來學習日文的感動,在學習的路上更有效率。

王心怡
Hikky Wang
2021. 3. 9

審訂序

九州大學中文講師　賴怡真

2021/2/5

　　台灣日語學習的風潮，可以回溯到 1990 年代初期第四台（有線電視）的興起，到 1993 年，第四台正式合法之後，「國興衛視」（JSTV，1992）、「緯來日本」（1996）、「JET TV」（1997，後改為 JET 綜合台）等三家日本台的全國放送下，日本連續劇及日本綜藝等日本電視節目開始滲透到台灣各街頭巷尾。那個鄰近的國家揭開了其神秘面紗，日本，開始變成國人最熱門的旅遊國家之一。

　　而我的日語學習之路，剛好就搭上了這波有線電視普及的風潮。就在有線電視法正式成立前後，正值我的國中慘澹歲月，在升學考試還叫做「聯考」（1954-2001）的那個年代，支撐自己熬過考試地獄歲月的，便是晚了日本十幾年的日劇。那時候只覺得日劇裡女主角講的是一口可愛音調的陌生語言。就因為這個緣故，在熬過聯考後，放棄了明星高中的升學，憑著對電視那頭可愛口音的憧憬，我選擇了某五專（現科技大學）的應用外語科日文組。而就在那裡，遇到了本書的作者，心怡。

　　十五歲到二十歲，大家都還是懵懂無知的少年少女。日本歌手宇多田光在推出無數暢銷歌曲後的第一張精選輯《Utada Hikaru SINGLE COLLECTION VOL.1》（2004.03），打開歌詞首頁映入眼簾的，便是一片空白的頁面上用湛藍的字體寫著「思春期」（青春期）三個文字。日本文學巨匠宮澤賢治（1896-1933）生前唯一出版過的童話集『注文の多い

料理店』（杜陵出版部‧東京光原社，1924.12。中譯本《要求特別多的餐廳》、《野貓西餐廳》等），其親自撰寫的廣告文裡就寫道：「這一連串的童話，其實就是作者心象寫生的一部分。那是從少年少女期的尾端，到思春期中葉時期，以一種文學形式去記錄。」在人生最璀璨的歲月裡，我遇到了日文，也遇到了一群一起學習日文的夥伴。

　　再甚至到後來離鄉至外地就學時，心怡仍然是同學。每個週末一起搭火車回學校，本應是寂寞充滿鄉愁的路程，在三個小時的途中我們總是刻意不講中文，硬用生硬的日文溝通而引來旁人側目，但也是好不快樂。回首日語學習之路，一路上總是有和心怡的回憶，點點滴滴，彷如昨日。

　　從對電視那頭既陌生又可愛的口音的嚮往，開啟了日語學習之路，這一路走來，也過了二十幾個年頭，這條路只是越走越窄，越走越艱難，也越來越孤獨。但很慶幸的是，到現在自己也執教鞭，投入日文教學的戰場上，還有一起奮戰的夥伴，也就是心怡。很高興也很榮幸可以參與本書的製作，這本書，希望對所有初學日語的您們，能夠開啟一個通往新的世界的門扉，也祝福每個學習日文的您們，都能透過日文，遇到特別的那個人，並實現特別的人生。

推薦序：好老師帶路，５０音不再迷路

「英語自學王」　Michael Cheng　鄭錫懋

2021/2/5

　　讀友們好，我是 Michael 鄭錫懋，《英語自學王》的作者。在江湖上行走，一直以來我的基本人設都是：只推薦自己真心喜歡，並且自己真實讀過的好書。因此，即便推掉了好多本書的推薦邀請，心裡也不覺得可惜。

　　會這麼謹慎，不只是因為愛惜羽毛，而是我明白他人的信任，是一個人最大的資產。信任建立不易，並非一朝一夕，大家的信任我非常珍惜。先建立這個前提，我才可以好好談談心怡。（對，我單押 ×5）

　　身為英文老師，憑什麼跨過界來推薦日文書呢？原因清楚明確，因為心怡是我的日文５０音老師，而且是我遇過最好的日文老師。

　　英語和日語的入門門檻，有非常大的差別。台灣的成人想要學英語時，幾乎沒有人需要從字母開始，無論程度好壞，對於大小寫字母的辨識，幾乎是人人具備的基本能力。

　　日語可就不同了，５０音的平假名、片假名，加上拗音、濁音、半濁音，一字排開，夯不啷噹共有一百多個發音符號，需要學習者來記憶和辨認。這樣龐雜的表音文字系統，讓好多日語的第二語言學習者，直接在第一關就被打趴，包含我自己。

　　直到遇到了心怡老師，她用各種方式：諧音聯想、漢字關聯、字形連結，甚至用日劇裡的常用語來舉例。無所不用其極，幫助我們這群 40 歲以上，記憶力不復當年，生活又忙碌的職場人士，在五堂課裡面，神奇地記下了這些符號。

入了日語的門才發現，雖然入門的階不好爬，但是一旦爬過去了，其實５０音的系統，比英語的發音系統還要容易掌握。因為它長什麼樣，就唸怎麼樣，基本上跟ㄅㄆㄇㄈ一樣可靠。

英文可就沒有那麼好對付了，讓我試舉一例說明。

C 有兩個常用的發音 [k] 和 [s]，h 則發接近於ㄏ的氣音 [h]，兩個字加在一起變成 ch，ch 卻又要另外發 [tʃ]。你以為結束了嗎？並沒有。同樣這個 ch，在 change（改變）裡面發 [tʃ]，在 Chicago（芝加哥）裡面唸 [ʃ]，在 ache（疼痛）裡偏偏又唸 [k]。

發現了嗎？英語字母好認好記，但是規則不容易掌握；５０音需要用力記憶，但只要記住了，幾乎每一句話，你都能正確唸出來。（相比起來，投資在５０音上的學習時間，CP 值高好多啊！）

心怡老師用心寫成的這本書，技法心法兼具，難度深度合宜，正是當年我上過的那堂課，歸納整理後的心血結晶。按著書中的指引，相信能夠帶你越過困難的入門階，助你掌握５０音系統，開始見字會讀、聽音能辨，進而自在開口說日語。

這不只是一本５０音教材，更是日語學習的教戰手冊，心怡毫無保留地分享了她自己，我也真誠地將它推薦給你，讓它成為你羽翼下的風，助你御風而上，展翅高飛。

崇越科技事業群總經理　林志豪

2021/1/30

「不同的語言，不同的人生觀。」

"A different language is a different vision of life."

——義大利名導演　費里尼（Federico Fellini）

　　在這個天涯若比鄰的地球村時代，各國文化頻繁交流，學習新的語言，就像是擁有一把打開另一個文化世界的鑰匙；透過學習不同的語言，也就等同擁有一個嶄新的視野來觀察這個多樣化的世界。

　　因為工作上的關係，經常接觸日本客戶，雖然雙方習慣用英語溝通，但畢竟英語並非雙方的母語，總覺得經常詞不達意，讓雙方的相互理解與友誼關係彷彿隔了一層紗，所以在多年前就開始學習日語，希望有一天能用流利的日語和日本的工作夥伴自在溝通。

　　三年前經由好友的介紹認識 Hikky 老師，展開了我的日文會話學習之路，每週一次的會話課程，Hikky 老師總是貼心地在課前準備生活時事話題作為課程的開場白，以非常輕鬆的生活用語讓我不自覺地融入學習日語的樂趣之中。Hikky 老師親切熱情的上課方式，讓每週一次的會話課成為我最期待的生活樂趣。

日前得知 Hikky 老師即將造福廣大的日語初學者，推出簡單易學的《日語 50 音完全自學手冊》，我馬上自告奮勇毛遂自薦，希望能夠跟大家推薦這本難得的好書。

　　Hikky 老師最拿手的絕活，就是利用她親自手繪、生動有趣的聯想圖，搭配漢字起源說明，將艱澀難懂不易背誦的平假名、片假名，透過非常容易理解記憶的方式讓讀者瞬間融會貫通。為了讓讀者加深記憶並且學習正確發音方式，本書也在每一個假名旁邊標記它的羅馬拼音，而且提供 QR Code 讓讀者聆聽標準發音，讓大家一邊聽一邊讀，加深對每一個假名的記憶。

　　歌德曾經說過：「人不光是靠他生來就擁有一切，而是靠他從學習中所得到的一切來造就自己。」透過不斷的學習，人類才能增進視野、豐富心靈、達到自我成就。對於有心想要學習日語的朋友們，我誠摯推薦 Hikky 老師這本《日語 50 音完全自學手冊》入門書，相信這本書一定可以幫助大家輕鬆踏上日語的學習之路。

　　一緒に頑張りましょう！

推薦序

國立政治大學日本語文學系教授　吉田妙子

2021/2/12

　　王心怡同学、「五十音自学マニュアル」のご出版、おめでとうございます。

　　王さんは民国99年から国立政治大学日本語文学系碩士班で研究を積み、民国103年7月に「接頭辞『手』で複合した形容詞・形容動詞及び『手』を前項要素とする名詞の考察」という修士論文を書いて卒業されました。出産後子育てに励みつつ立派に論文を書き上げたことは賞讃に値することでしょう。通常、懐妊した女子院生はそのまま退学する例が多いのですから。

　　そればかりでなく、大学院修了後も日本語に対する関心は変わらず、ご自分のお子様への日本語教育を系統的に考えておられ、このたび本書のように、平仮名の形状、筆順、字源、語例、が1ページのうちに一目でわかるレイアウトで、親子で楽しめる五十音の本を出版されました。外国語の文字を学ぶ際に最も大事なのは筆順でしょう。アイウエオの字源は中国伝来の漢字です（中国の簡体字でなく台湾の繁体字）。漢字を知っていれば平仮名の筆順もわかり、形も格好よくきれいになりますね。台湾の文字と日本語の文字の親近性がわかれば、より学びやすくなることは疑いがありません。

　　このようにきれいな日本語を台湾に広めようと努力しておられる王さんに感謝の意を表するとともに、これから日本語を学ぼうとしている小朋友たちとお母様たちに、心から本書をお薦めいたします。

中文大意：

　　王心怡同學，恭喜你出版了《日語５０音完全自學手冊》。

　　心怡於民國 99 年在國立政治大學日本語文學系碩士班就讀，並在民國 103 年 7 月提出了以「手」這個接頭辭與複合辭考察的碩士論文。於生產完之後一邊忙碌於照顧小孩，還寫出了具有價值的論文而後畢業，真的是非常值得讚賞的，畢竟懷孕之後的研究生因此而退學的例子較多。

　　本書作者心怡在研究所畢業之後，還是對日語繼續保持著關心與注目，並系統性的思考該如何對自己的小孩進行日語教育，如同本書所提到的平假名的形狀、筆順、字源跟範例都編排在一個頁面裡，一目瞭然的排版是親子都能共同快樂學習的五十音書。我認為在學習外語文字的時候，最重要的事情就是學習筆順，あ、い、う、え、お的字源是由中國傳來的漢字（非中國的簡體字，而是台灣使用的繁體字），如果能夠知道和漢字的緣由且了解平假名的筆順，就可以把字形寫得優美；如果理解台灣文字跟日語文字的相關性，那麼學習起來會容易得多是無庸置疑的。

　　為表達我對心怡致力於將如此優美的日語於台灣推廣的謝意，在此誠摯地推薦給要學習日語的小朋友們和媽媽們，將此書做為最佳的日語學習入門書。

前言：關於日文

　　日文是一個使用「平假名」、「片假名」、「漢字」組成的語言，有時候也會使用「羅馬字」。日文的平假名是由漢字的草書演變而來的，片假名則是從楷書偏旁演化而來的。平假名是用在一般日本固有的用字、助詞，當漢字需要標註唸法時，也是以平假名標註喔！片假名則是以標示外來語或擬聲擬態語為主，有時亦用於想要「強調」時，用法類似英文中每個字母都大寫的概念！

　　片假名一般是用來標記外來語，但是本來應該用平假名或漢字的詞，用片假名的話就會給人很「酷」的感覺。例如大眾所熟悉的汽車品牌「豐田」、「本田」、「大發」等，分別以英文或片假名「トヨタ」、「ホンダ」、「ダイハツ」來標記。相反的，本來應該用片假名的詞改用平假名，就會給人一種日式的感覺。典型的例子是「香菸」這種歷史比較久的外來語「タバコ（tabacco）」，常以「たばこ」來標記。

　　生活中常會有平假名、片假名交錯使用的狀態，也常有單字同時存在日本固有名詞和外來語兩種形式，如「牛乳（ぎゅうにゅう）」、「ミルク（milk）」，使用時不需特別去區分該用哪個，能夠傳達正確的意思即可喔！

◈ 漢字

　　在日本人的生活當中漢字是必備的，除了筆畫過多複雜的漢字，日本人則傾向不使用，但是如果全部都使用假名除了難以閱讀之外，還會予人孩子氣的感覺。因此，學習日文時，除了字典裡有特別標示「╳」或「▼」

的漢字通常不使用之外，其餘還是希望讀者學習時，能一併將漢字記憶起來喔！

◈ ５０音真的有５０個嗎？

　　５０音分成「行」與「段」，總共五段十行（請參考本書「５０音總表」），每個假名除了「あ、い、う、え、お」自己本身即是母音，以及鼻音「ん」之外，其餘都是「母音」＋「子音」構成的。如：か [ka] ＝子音 [k] ＋母音 [a]、み [mi] ＝子音 [m] ＋母音 [i]。雖然說是５０音，但留存到現在的假名只有４６個喔！有幾個字隨著時代更迭已不太被使用了。如：平假名「ゐ」（片假名「ヰ」），等同於い [i]，讀音也相同；又如：平假名「ゑ」（片假名「ヱ」），等同於え [e]，讀音也相同。

◈ 禮貌形＆普通形

　　在本書「會話現學現說」單元裡，有使用「ます」、「です」結尾的「禮貌形」，和沒有「ます」、「です」結尾的「普通形」兩種。禮貌形用於對上司、長輩、不熟的人以及公開場合，普通形則用於家人、很熟的朋友之間，以及對下位者。初學日文的人，建議從「ます」、「です」開始學習和使用喔！

５０音總表

◆ **平假名：清音＆鼻音**

請留意や、ゆ、よ三個假名的位置喔！分別是在あ、う、お段。

行 ＼ 段	あ段	い段	う段	え段	お段
あ行	あ a	い i	う u	え e	お o
か行	か ka	き ki	く ku	け ke	こ ko
さ行	さ sa	し shi	す su	せ se	そ so
た行	た ta	ち chi	つ tsu	て te	と to
な行	な na	に ni	ぬ nu	ね ne	の no
は行	は ha	ひ hi	ふ fu	へ he	ほ ho
ま行	ま ma	み mi	む mu	め me	も mo
や行	や ya		ゆ yu		よ yo
ら行	ら ra	り ri	る ru	れ re	ろ ro
わ行	わ wa				を wo/o
鼻音	ん n				

◆ 片假名：清音＆鼻音

請留意ヤ、ユ、ヨ三個假名的位置喔！分別是在ア、ウ、オ段。

段 行	ア 段	イ 段	ウ 段	エ 段	オ 段
ア行	ア a	イ i	ウ u	エ e	オ o
カ行	カ ka	キ ki	ク ku	ケ ke	コ ko
サ行	サ sa	シ shi	ス su	セ se	ソ so
タ行	タ ta	チ chi	ツ tsu	テ te	ト to
ナ行	ナ na	ニ ni	ヌ nu	ネ ne	ノ no
ハ行	ハ ha	ヒ hi	フ fu	ヘ he	ホ ho
マ行	マ ma	ミ mi	ム mu	メ me	モ mo
ヤ行	ヤ ya		ユ yu		ヨ yo
ラ行	ラ ra	リ ri	ル ru	レ re	ロ ro
ワ行	ワ wa				ヲ wo/o
鼻音	ン n				

◈ 平假名：濁音＆半濁音

濁音				半濁音
が ga	ざ za	だ da	ば ba	ぱ pa
ぎ gi	じ ji	ぢ ji	び bi	ぴ pi
ぐ gu	ず zu	づ zu	ぶ bu	ぷ pu
げ ge	ぜ ze	で de	べ be	ぺ pe
ご go	ぞ zo	ど do	ぼ bo	ぽ po

◈ 片假名：濁音＆半濁音

濁音				半濁音
ガ ga	ザ za	ダ da	バ ba	パ pa
ギ gi	ジ ji	ヂ ji	ビ bi	ピ pi
グ gu	ズ zu	ヅ zu	ブ bu	プ pu
ゲ ge	ゼ ze	デ de	ベ be	ペ pe
ゴ go	ゾ zo	ド do	ボ bo	ポ po

◈ 平假名：拗音

ぢゃ、ぢゅ、ぢょ因為音同じゃ、じゅ、じょ，所以不被使用。僅使用じゃ、じゅ、じょ。

きゃ kya	しゃ sha	ちゃ cha	にゃ nya	ひゃ hya	みゃ mya	りゃ rya
きゅ kyu	しゅ shu	ちゅ chu	にゅ nyu	ひゅ hyu	みゅ myu	りゅ ryu
きょ kyo	しょ sho	ちょ cho	にょ nyo	ひょ hyo	みょ myo	りょ ryo
ぎゃ gya	じゃ ja	ぢゃ ja	びゃ bya	ぴゃ pya		
ぎゅ gyu	じゅ ju	ぢゅ ju	びゅ byu	ぴゅ pyu		
ぎょ gyo	じょ jo	ぢょ jo	びょ byo	ぴょ pyo		

◈ 片假名：拗音

ヂャ、ヂュ、ヂョ因為音同ジャ、ジュ、ジョ，所以不被使用。僅使用ジャ、ジュ、ジョ。

キャ kya	シャ sha	チャ cha	ニャ nya	ヒャ hya	ミャ mya	リャ rya
キュ kyu	シュ shu	チュ chu	ニュ nyu	ヒュ hyu	ミュ myu	リュ ryu
キョ kyo	ショ sho	チョ cho	ニョ nyo	ヒョ hyo	ミョ myo	リョ ryo
ギャ gya	ジャ ja	ヂャ ja	ビャ bya	ピャ pya		
ギュ gyu	ジュ ju	ヂュ ju	ビュ byu	ピュ pyu		
ギョ gyo	ジョ jo	ヂョ jo	ビョ byo	ピョ pyo		

重音規則

　　日文重音相當重要，重音不對，除了讓人覺得聽起來怪腔怪調外，還可能產生誤解。比方說：①雨（あめ）vs. ⓪飴（あめ）；①牡蠣（かき）vs. ⓪柿（かき）；①箸（はし）vs. ②橋（はし）等……。雖然假名一樣，重音不同，意思就會不同喔！重音標記的方式主要有「劃線標示法」和「數字標示法」兩種，目前字典或教科書以「數字標示法」居多，本書內容也以「數字標示法」為主。但為了各位初學的讀者，本單元特別兩種方法都標記上去，請搭配雲端音檔仔細聆聽、感受日語音調的高低喔！

　　請不要被中文「重音」這個字給誤導，不是說發音要很重的意思，日文是一個有高低音的語言，主要分成「平板式」、「起伏式」兩種。「平板式」如：⓪すいか（西瓜）、⓪アメリカ（美國）……。此時的發音除了第一個音是低的之外，第二個音開始拉高到最後一個音。這一類的重音，因為沒有由高降低的「降點」，所以重音以「⓪」標示。

　　另一類的「起伏式」分成：1. 頭高型；2. 中高型；3. 尾高型，如：
　　頭高型： ①かさ（傘）、①ごはん（飯）等，這類型的重音就是第一個音高的，第二個音開始就往下降直到最後一個音。
　　中高型： ③おてあらい（廁所）、④あたたかい（暖和的）等，這類型的音就是第一個音是低音，然後分別在第二個音開始拉高後到某個音再下降，如：③おてあらい，就在第三個音下降，以「③」來標記重音；④あたたかい，就在第四個音下降，以此類推。
　　尾高型： ②なつ（夏天）、②ふゆ（冬天）、④いもうと（妹妹），這類型的音，第一個音是低的，第二個音以後拉高持續到最後的音，如果後面有接助詞，那助詞音則降低。如：「なつが～」，發音就是「低─高─低」。

需要特別注意的是：長音、促音、拗音也必須當作一個假名（一個音節）計算。有些字重音雖然會隨著地域而不同，但初學者建議以東京腔（東京式重音）先學習喔！本書所標記的重音，皆是以東京腔的重音位置來標記。

◈ 唸唸看：重音不同、意思不同

1. ①いくら [i.ku.ra] 多少錢？　　vs.　　⓪イクラ [i.ku.ra] 鹽漬鮭魚卵

2. ①牡蠣 [ka.ki] 牡蠣　　　　　vs.　　⓪柿 [ka.ki] 柿子

3. ①箸 [ha.shi] 筷子　　　　　vs.　　②橋 [ha.shi] 橋

4. ②花 [ha.na] 花　　　　　　vs.　　⓪鼻 [ha.na] 鼻子

5. ①雨 [a.me] 雨　　　　　　vs.　　⓪飴 [a.me] 糖果

6. ③もういっぱい [mō.i.ppa.i] 再一杯

　　①もういっぱい [mō.i.ppa.i] 已經很飽了

◈ 給有餘裕的朋友

「尾高型」和「平板音」的單字，後面沒有接助詞、只唸單字發音時，聽起來是一樣的。如：②はし（橋）vs. ⓪はし（端）。但如果後面接上助詞時，重音就會不同。重音在最後一個音的單字，後接的字重音就要掉下去，如「②はし（橋）が…」的「橋」，其重音在「し」，所以後接的助詞「が」重音就要掉下去，變成「低—高—低」的重音。但如果像是「⓪はし（端）が…」，「端」的重音是平板音，所以後接的助詞「「が」重音不需掉下去，平平唸過去即可，重音變成「低—高—高」。另外提醒一個假名和「橋」跟「端」一樣，但重音是頭高音的①はし（筷子）。「①はし（筷子）が…」，因為重音在第一音，之後的音都要掉下去，所以重音是「高—低—低」。

如何收聽音檔

手機收聽

1. 偶數頁（例如第 30 頁）的頁碼旁邊附有 **MP3 QR Code** ◄╌╌╌╌╌┐
2. 用 APP 掃描就可立即收聽該跨頁（第 30 頁和第 31 頁）的母語人士朗讀音檔，掃描第 32 頁的 QR 則可收聽第 32 頁和第 33 頁……

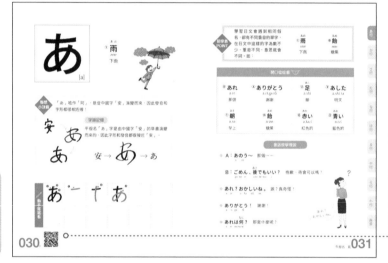

電腦收聽、下載

1. 手動輸入網址＋偶數頁頁碼即可收聽該跨頁音檔，按右鍵則可另存新檔下載

   https://video.morningstar.com.tw/0170029/audio/**030**.mp3

2. 如想收聽、下載不同跨頁的音檔，請修改網址後面的偶數頁頁碼即可，例如：

   https://video.morningstar.com.tw/0170029/audio/**032**.mp3

   https://video.morningstar.com.tw/0170029/audio/**034**.mp3

   依此類推……

3. 建議使用瀏覽器：Google Chrome、Firefox

讀者限定無料

內容說明
1. 全書音檔大補帖
2. 「全書心智圖學習框架」完整清晰版（頁 28）

下載方法（建議使用電腦操作）
1. 尋找密碼：請翻到本書第 108 頁，找出本單元代表單字的中文解釋。
2. 進入網站：https://reurl.cc/QW1gv0
   （輸入時請注意大小寫）
3. 填寫表單：依照指示填寫基本資料與下載密碼。E-mail 請務必正確填寫，萬一連結失效才能寄發資料給您！
4. 一鍵下載：送出表單後點選連結網址，即可下載。

本書使用步驟

Step 1

邊聽邊開口唸，熟悉５０音發音規則

首先請您利用第 18 頁開始的５０音總表，一邊聽著老師的發音、一邊跟著唸出聲音，以便熟悉５０音的發音。聽完老師唸完三、四遍，大概能夠掌握５０音的發音規則後再進入下一步。

Step 2

利用聯想聰明記憶，搭配手寫記憶效果更好

打開「平假名」章節，依序從每個假名的大字掌握發音、字形以及假名代表單字的部分後，試著發音看看。同時利用「聯想小訣竅」、「趣味聯想圖」及「字源記憶」等小單元，幫助聯想及記憶，有效率地掌握各個假名的寫法。

接著進入「動手寫寫看」的部分，練習的時候如果該假名有提供「常見錯誤寫法」，請務必留意自己是不是也犯了同樣的錯誤喔！

Step 3

初學者必學重點，掌握關鍵日語更道地

學習完字形、聯想、字源與手寫練習之後，進到「初學者 POINT」小單元，繼續學習怎麼發音、怎麼運用單字，讓自己的日文更為道地。

Step 4

拗音、長音、促音……等，掌握發音原則很重要

接著請先進入濁音＆半濁音、拗音、長音、促音、特殊音部份的學習，在「特別音」章節裡都有相對應的單字，請試著開口唸唸看。此部分完成後，請再回到平假名章節的「開口唸唸看」小單元，跟著老師開口唸，每次唸出聲音都可以加深印象喔！

會話現學現說，學習更有趣味

等大致上掌握了平假名的唸法後，跟著雲端音檔進入「會話現學現說」單元，日文隨學隨用，提升學習樂趣。

重覆步驟 1～3 學習片假名

當平假名及拗音、長音、促音等特別音已經熟悉了，就可以開始進到「片假名」章節的學習，步驟和 step 1～step 3 一樣。由於在 step 4 已經先學習過拗音、長音、促音……等部分，因此片假名的「開口唸唸看」小單元，應該都可以大致唸得出來了。為了避免自己唸錯，可以搭配音檔一邊唸一邊確認，接著再進入 Step 5「會話現學現說」的步驟。

更多日常生活單字，立刻現學現用

在「常用生活單字」章節，列出了許多日常生活中出現機率很高的單字，讓您在５０音之外，同時學習到實際在日本旅遊、工作可立即派上用場的單字。

學習大驗收：紓壓著色小練習

利用紓壓小圖，搭配雲端音檔和羅馬字寫出相對應的平假名和片假名，藉此確認一下自己的學習成效。

日文輸入法介紹，打字溝通無障礙

日文輸入其實一點都不難！本書詳細列舉兩種電腦系統「Mac」＆「Windows」、兩種手機系統「iPhone」＆「Android」叫出日文輸入法的步驟圖解，並詳細說明注意事項：如何打出促音、長音、鼻音、特殊音……，讓您只要會唸，就會打字，盡情翱翔在日文的網路世界裡。

Step 10 現學現說精選文法，會話能力更上層樓

　　行有餘力的朋友們，可以到「小狸日語」官方網站，進一步瞭解出現在本書「會話現學現說」小單元裡的常用文法，讓自己更上一層樓喔！

本書會話文法詳解，請見「小狸日語」官方網站
https://www.hikky.com.tw/prolist.php?PC_id=24

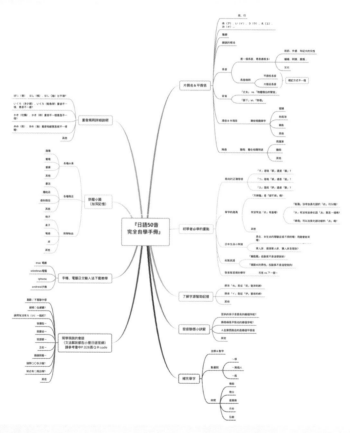

全書心智圖學習框架，完整清晰版請見
https://video.morningstar.com.tw/0170029/0170029_map.pdf

平假名

[a]

① 雨
ame
下雨

聯想小訣竅　「あ」唸作「阿」，是從中國字「安」演變而來，因此發音和字形都很相近喔！

字源記憶

平假名「あ」字是由中國字「安」的草書演變而來的，因此字形和發音都很接近「安」。

安 → あ → あ

動手寫寫看

❶ ❷ あ❸　　❶→ ー　 ナ❷　 あ❸

| 初學者
POINT | 學習日文會遇到相同假
名，卻有不同重音的單字，
在日文中這樣的字為數不
少，重音不同，意思就會
不同。如： | ① 雨
あめ
ame
下雨 | ⓪ 飴
あめ
ame
糖果 |

開口唸唸看

⓪ あれ a.re 那個	② ありがとう a.ri.ga.tō 謝謝	② 足 あし a.shi 腳	③ あした a.shi.ta 明天
① 朝 あさ a.sa 早上	⓪ 飴 あめ a.me 糖果	⓪ 赤い あか a.ka.i 紅色的	② 青い あお a.o.i 藍色的

會話現學現説

◆ A：あのう～　那個……
　　　a　　nō

◆ B：ごめん、後でもいい？　抱歉、待會可以嗎？
　　　go me n　　ato de mo　ī
　　　　　　あと

◆ あれ？おかしいね 。　誒？真奇怪！
　　a re　　o ka shī　ne

◆ ありがとう！　謝謝！
　　a　ri ga　tō

◆ あれは何？　那是什麼呢？
　　a　re wa na nī
　　　　　なに

あれ？
おかしいね。

い

[i]

② 痛い
i.ta.i
疼痛的

聯想小訣竅 「い」唸作「一」,是從「以」字簡化演變而來,看看聯想圖,發音和字形是不是很相近呢?

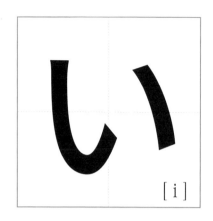

字源記憶 平假名「い」字是由中國字「以」的草書演變而來的,因此字形和發音都很接近「以」。

以 →  → い

動手寫看					常見錯誤寫法	
	❶ い ❷	❶ い		い ❷	右上角和左上角藍圈要差不多高度才行喔!	✕ い

初學者 POINT	「医者」是職稱，面對醫生時，我們不能稱呼其為「医者」，必須以「先生」來稱呼。	いしゃ **医者** i.sha 醫生	せんせい **先生** se.n.se.i 先生

開口唸唸看

① い **胃** i 胃	② いえ **家** i.e 家	① いす **椅** i.su 椅子	④ いもうと **妹** i.mō.to 妹妹
① いしゃ **医者** i.sha 醫生	② いし **石** i.shi 石頭	② いぬ **犬** i.nu 狗	② いけ **池** i.ke 池塘

會話現學現說

◆ **いいですか？** 可以嗎？
　ī　de su ka

◆ **いただきます。** 我開動了！
　i ta da ki ma su

◆ **いくらですか？** 多少錢呢？
　i ku ra de su ka

◆ てんき
いい天気ですね。 天氣真好呢！
　ī　ten ki de su ne

いただきます。

[u]

◎ 上 ^{うえ}
u.e
上面

聯想小訣竅

「う」的發音是「ㄨ」，是從「宇」字簡化演變而來，但已經和發音及字形相去甚遠。「う」看起來和人的側臉是不是很像呢？【記憶口訣：口中「污」漬要去除！】

字源記憶

平假名「う」字是由中國字「宇」的草書演變而來的喔！

宇 → → う

	❶→	❶→		常見錯誤寫法
❷う	う	❷う		藍圈的部分需要斜一點 / ╳ う

動手寫寫看

初學者
POINT

看日本電視節目常會聽到「うまい」（好吃），但比「おいしい」更粗獷點，是男性用語。うまい亦可用來表達「技術好」，如：絵がうまい。

うまい	おいしい	絵がうまい
u.ma.i	o.i.shī	e.ga.u.ma.i
好吃	好吃	圖畫得好
（男性用語）		

開口唸唸看

⓪ 後ろ	① 嘘	① 海	③ 嬉しい
u.shi.ro	u.so	u.mi	u.re.shī
後面	謊話	海	開心的

① うに	② 歌	⓪ 受付	⓪ 売り切れ
u.ni	u.ta	u.ke.tsu.ke	u.ri.ki.re
海膽	歌曲	櫃檯	賣光了

會話現學現說

◆ 嬉しい！　好開心喔！
u re shī

◆ わたしはこの歌が好きだ。　我喜歡這首歌。
wa ta shi wa ko no u ta ga su ki da

◆ もう売り切れた。　賣光了！
mō u ri ki re ta

◆ 嘘！　不是吧？
u so

もう売り切れた。

[e]

① 絵

e

繪畫

聯想小訣竅

「え」唸作 [A]，是從「衣」字的草寫而來的，「え」字看起來就像一個人「A」走寶石後逃跑。記得字形像「衣」，但唸作「A」喔！

「A」走～

字源記憶

假名「え」是由「衣」字的草書演變而來的喔！

衣 → 衣 → え

常見錯誤寫法

				不是寫一個「之」	✕ え
❶❷ え	❶ え	❷ え			

動手寫寫看

初學者 POINT	「海老」的意思是蝦子， 跟台語的蝦米（ㄏㄟ／ 逼）音接近，但是其實台 語的蝦米跟日文蛇「蛇」 的發音更接近。	えび **海老** e.bi 蝦子	へび **蛇** he.bi 蛇

開口唸唸看

えき ① **駅** e.ki 車站	え ほん ② **絵本** e.ho.n 圖畫書	えい が ① **映画** e.i.ga 電影	え がお ① **笑顔** e.ga.o 笑臉
え び ⓪ **海老** e.bi 蝦子	え はがき ② **絵葉書** e.ha.ga.ki 風景明信片	えん げき ⓪ **演劇** e.n.ge.ki 舞台劇	えい ご ⓪ **英語** e.i.go 英文

會話現學現説

◆ えき
すみません、駅はどこですか？　不好意思，請問車站在哪？
su mi ma se n　　e ki wa do ko de su ka

◆ えき
駅までいくらですか？　到車站多少錢呢？
e ki ma de i　ku ra de su ka

◆ ひと　　　　　え がお
あの人はいつも笑顔です。　那人總是面帶微笑。
a no hi to wa i tsu mo e ga o de su

◆ かのじょ　えい ご　　じょうず
彼女は英語が上手です。　她英文很好。

[o]

② 鬼
おに
o.ni
鬼

聯想小訣竅

「お」唸作「歐」，看起來像個張開嘴大聲嘆著氣發出：「『噢』好累！」的人。不要忘記還有右邊的汗珠喔！

字源記憶

「お」字是「於」的草書演變而來的喔！

「oh～」

於 →  → お

動手寫寫看

常見錯誤寫法

❶❷❸ お	❶ ー	❷ お	❸ お

右邊的藍圈部分要比左邊藍圈部分大，點在橫的那一劃右邊位置。

お

初學者POINT	「お」有多功能，在很多的單字前面有美化的作用，如：お砂糖、お水，並不會改變原來單字的意思喔！但也有部分的字，沒有「お」和有「お」，字的意思會不一樣，如「握り」和「お握り」。	お砂糖 さ とう o.sa.tō 糖	お水 みず o.mi.zu 水
		握り にぎ ni.gi.ri 手把、一把	お握り にぎ o.ni.gi.ri 飯糰

開口唸唸看

② お菓子 か し o.ka.shi 點心	⓪ お酒 さけ o.sa.ke 酒	⓪ お茶 ちゃ o.cha 茶	② お握り にぎ o.ni.gi.ri 飯糰
⓪ お土産 みやげ o.mi.ya.ge 伴手禮	③ 大きい おお ō.kī 大的	③ 男 おとこ o.to.ko 男人	③ 女 おんな o.n.na 女人

會話現學現說

◆ おいしい！　真好吃！
　o i shī

◆ おなかが痛い！　肚子痛！
　　　　　 いた
　o na ka ga ita i

◆ おはよう。　早安！
　o ha yō

◆ おやすみ。　晚安！
　o ya su mi

おなかが痛い！

か
[ka]

⓪ 蟹 かに
ka.ni
螃蟹

聯想小訣竅 「か」的發音像台語的「腳」，記憶時請以「蚊子叮到腳」的台語來記，因為「蚊子」的日文就是「か」喔！

蚊子叮到「咖」

字源記憶

「か」是由「加」的草書演變而來的喔！

加 → かB → か

動手寫寫看

か

初學者 POINT	日文裡的「頭髮」和「紙」，都是唸作「かみ」喔！	かみ **髮** ka.mi 頭髮	かみ **紙** ka.mi 紙

開口唸唸看

かさ ① **傘** ka.sa 雨傘	かお ⓪ **顔** ka.o 臉	かいしゃ ⓪ **会社** ka.i.sha 公司	かね ⓪ **金** ka.ne 金錢
からだ ⓪ **体** ka.ra.da 身體	かわ ② **川** ka.wa 河川	かんじ ⓪ **漢字** ka.n.ji 漢字	かぎ ② **鍵** ka.gi 鑰匙

會話現學現說

◆ から
辛い！ 好辣！
ka ra i

◆ **かわいい！** 好可愛！
ka wa ī

◆ **かっこいい！** 好帥氣！
ka kko ī

◆ かいしゃ
会社はどちらですか。 您在哪高就？
kai sha wa do chi ra de su ka

かっこいい！

[ki]

◎ 気持ち
き　も
ki.mo.chi
感覺

聯想 小訣竅　「き」的發音是 [ki]，記憶時以【木做的 guitar，「key」怪怪的！】來記。樹木的日文就是「き」喔！

字源記憶

「き」的字源是「幾」的草書演變而來的喔！

「key」不對啦～

幾 → 乡 → き

動手寫寫看

❶❷き❸❹	❶━	❷二	❸き❹

中間那一劃需要斜一點，下面弧度需要斜一些。

✗

き

常見錯誤寫法

<table>
<tr><td rowspan="2">初學者
POINT</td><td rowspan="2">「気」這個漢字唸做「き」，搭配的動詞非常多，隨著後面搭配的動詞不同，會有不同的意思，如：</td><td>き
気にする
ki.ni.su.ru
介意</td><td>き　つ
気を付ける
ki.wo.tsu.ke.ru
留心</td><td>き
気がする
ki.ga.su.ru
有……的感覺</td></tr>
</table>

開口唸唸看

き ① **木** ki 樹木	きせつ ① **季節** ki.se.tsu 季節	き もの ⓪ **着物** ki.mo.no 和服	きず ⓪ **傷** ki.zu 傷口
きっ ぷ ⓪ **切符** ki.ppu 票	きって ② **切手** ki.tte 郵票	き おん ⓪ **気温** ki.o.n 氣溫	きっ さ てん ③ **喫茶店** ki.ssa.te.n 咖啡店

會話現學現說

◆ **きれい！**　真漂亮！
ki　re　i

き も
◆ **気持ちがいいなあ！**　真舒服！
ki mo chi ga　ī　nā

き げん　　わる
◆ **機嫌が悪い！**　心情不好！
ki ge n ga wa ru i

き
◆ **気をつけてください 。**　請小心。
ki wo tsu ke te ku da sa i

気をつけて
ください。

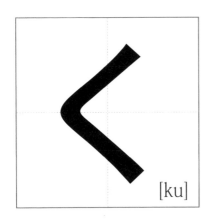

[ku]

② 靴
くつ
ku.tsu
鞋子

聯想小訣竅

「く」的發音同「哭」，「枯」萎的花朵，哭哭！

字源記憶

「く」是由「久」的草書演變而來的喔！

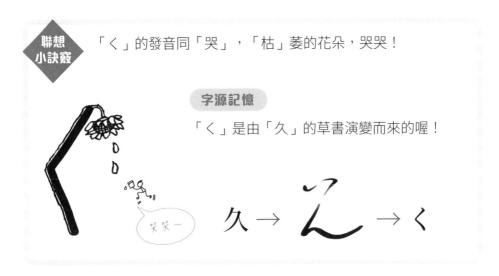

久 → ん → く

常見錯誤寫法

動手寫寫看	く❶	く❶			太彎了！	✕ く

初學者 POINT	「首」這個字日文中是「脖子」的意思，但在日常生活中常用「首だ」、「首になった」代表「被解僱」的意思。	くび **首** ku bi 脖子	くび **首だ** ku.bi.da 被解僱	くび **首になった** ku.bi.ni.na.tta 被解僱

開口唸唸看

くうこう ⓪ **空港** kū.kō 機場	くつした ④ **靴下** ku.tsu.shi.ta 襪子	くち ⓪ **口** ku.chi 嘴巴	くび ⓪ **首** ku.bi 脖子
くに ⓪ **国** ku.ni 國家	くすり ⓪ **薬** ku.su.ri 藥	くるま ⓪ **車** ku.ru.ma 汽車	くも ① **雲** ku.mo 雲

會話現學現說

◆ くる
ああ、苦しい！ 啊……真是痛苦！
ā　 ku ru　shī

◆ かね
お金をください。 請給我錢。
o ka ne wo　ku da　sa i

◆ くび
首だ！ 你被炒魷魚了！
ku bi da

◆ くや
悔しい！ 真不甘心！
ku ya　shī

悔しい！

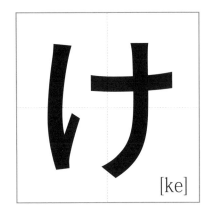

[ke]

けいたいでんわ
ke.i.ta.i.de.n.wa
手機

聯想小訣竅
「け」的發音是 [k]，球棒與球的組合像不像「け」的左半部，右半部則像玻璃窗框的木頭部分。【記憶口訣：球棒「K」到玻璃！】

字源記憶

「け」是由「計」草書演化而來的。

「K」！

計 → け → け

動手寫看

常見錯誤寫法

❶け❷❸ ❶	い❷ け❸	藍圈部分太直了，需要向左彎一點。	✕ け

046

<table>
<tr><td>初學者
POINT</td><td>「携帯」或片假名的「ケータイ」都可以表示手機的意思。</td><td>けいたい
⓪ 携帯
ke.i.ta.i
手機</td><td>⓪ ケータイ
kē.ta.i
手機</td></tr>
</table>

開口唸唸看

け さ ① 今朝 ke.sa 今天早上	けっせき ⓪ 欠席 ke.sse.ki 缺席	けっこん ⓪ 結婚 ke.kko.n 結婚	けん か ⓪ 喧嘩 ke.n.ka 吵架；打架
け しょうすい ② 化粧水 ke.shō.su.i 化妝水	け が ② 怪我 ke.ga 受傷	け が にん ⓪ 怪我人 ke.ga.ni.n 受傷的人	け しき ① 景色 ke.shi.ki 風景

會話現學現說

◆ けっこん
わたしと 結婚 してください 。 　請跟我結婚。
wa ta shi to ke kko n shi te ku da sa i

◆ けっこん
結婚 していますか 。 　結婚了嗎？
ke kko n shi te i ma su ka

◆ て け が
手に 怪我 をしている 。 　手受傷了。
te ni ke ga wo shi te i ru

◆ けちだ ！ 　有夠小氣的。
ke chi da

けちだ！

こ [ko]

② 米
ko.me
米

聯想小訣竅 「こ」的發音像「摳摳」的「摳」，「こ」是不是長得像「摳摳」的上緣和下緣呢？記憶時以【摳摳在這裡】來記，因為「ㄎㄡ ㄎㄡ」就是日文「這裡」（ここ）的意思喔！（「摳摳」為年輕人對錢幣的說法）

字源記憶

「こ」是由「己」的草書演變而來的喔！

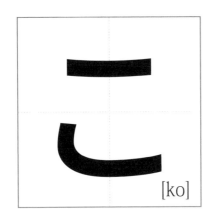

己 → こ → こ

常見錯誤寫法

動手寫寫看

				兩個弧度應該要 上面小，下面大。
❶こ ❷	❶っ	❷こ		

<table>
<tr><td rowspan="2">初學者
POINT</td><td rowspan="2">「ここ」是指「這裡」，離說話者近的位置。離聽話者近的則是「そこ」；離說話者、聽話者都遠的叫做「あそこ」。</td><td>ここ
ko.ko
這裡</td><td>そこ
so.ko
那裡</td><td>あそこ
a.so.ko
在那邊</td></tr>
</table>

開口唸唸看

⓪ ここ ko.ko 這裡	⓪ これ ko.re 這個	⓪ 高校 こうこう kō.kō 高中	③ 工場 こうじょう kō.jō 工廠
⓪ 紅茶 こうちゃ kō.cha 紅茶	③ 交差点 こうさてん kō.sa.te.n 交叉路口	⓪ 子供 こども ko.do.mo 小孩	③ 答え こた ko.ta.e 答案

會話現學現説

◆ これだ！　就是這個！
ko re da

◆ こんにちは。　午安。
ko n ni chi wa

◆ こんばんは。　晩安。
ko n ba n wa

これから、よろしく
おねがいします。

◆ これから、よろしくおねがいします。
ko re ka ra　yo ro shi ku o ne ga i shi ma su
從今後請多指教。

さ

[sa]

◎ 皿
さら
sa.ra
盤子

聯想小訣竅

「さ」的發音是「ㄙㄚ」，音似「殺」，請以【兩把刀「殺」一條魚】的口訣來記憶喔！

做成「撒」西米

字源記憶

「さ」是由「左」的草書演變而來的。

左 → ち → さ

常見錯誤寫法

動手寫寫看				中間的那一劃要斜斜的，底下也只需要包到一點點即可。

<table>
<tr><td rowspan="2">初學者
POINT</td><td>「寒い」是用於天氣的寒冷，而「冷たい」是用於身體感覺和飲料的冰涼，也可指人的態度冷淡。</td><td>さむ
寒い
sa.mu.i
寒冷</td><td>つめ
冷たい
tsu.me.ta.i
冰涼</td></tr>
</table>

開口唸唸看

さくら ⓪ 桜 sa.ku.ra 櫻花	さかな ⓪ 魚 sa.ka.na 魚	さしみ ③ 刺身 sa.shi.mi 生魚片	さい ふ ⓪ 財布 sa.i.hu 錢包
さむ ② 寒い sa.mu.i 寒冷	さ とう ② 砂糖 sa.tō 砂糖	さる ① 猿 sa.ru 猴子	さわ ⓪ 触る sa.wa.ru 觸摸

會話現學現説

◆ **さようなら。** 再見！
sa　yō　na　ra

さわ
◆ **触るな！** 不准碰！
sa wa ru　na

さび
◆ **寂しいよ！** 好寂寞喔！
sa bi　shī　yo

さむ
◆ **ちょっと寒い。** 有點冷。
cho　　tto　sa mu　i

ちょっと寒い。

し
[shi]

② 塩
しお
shi.o
鹽巴

「し」的發音是「吸」，就像一個強力磁鐵【吸】！要注意的是，發音是「吸」，不是 ABC 的「C」喔！

字源記憶

「し」是由「之」字草書演變而來的喔！

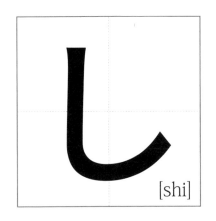
吸！

之 → 之 → し

動手寫看

初學者 POINT 這個字的發音是「西瓜」的「西 [shi]」，不是ＡＢＣ的「C[si]」喔！

開口唸唸看

しあい ⓪ 試合 shi.a.i 比賽	しごと ⓪ 仕事 shi.go.to 工作	しま ② 島 shi.ma 島嶼	しりと ③ 尻取り shi.ri.to.ri 接龍遊戲
しいたけ ① 椎茸 shi.ta.ke 香菇	しんごう ⓪ 信号 shi.n.gō 紅綠燈	した ⓪ 下 shi.ta 下面	しず ① 静か（な） shi.zu.ka.na 安靜的（な形容詞）

會話現學現説

◆ しず
静かだね。 真安靜呢！
shi zu ka　da　ne

◆ しりとりしよう！ 我們來玩接龍遊戲吧！
shi ri to ri shi yō

◆ しあい　さんか
試合に参加する。 參加比賽。
shi a i　ni sa n ka su ru

◆ いま　しごとちゅう
今、仕事中だ。 正在工作當中。
i ma　shi go to　chū da

今、仕事中だ。

す

[su]

①② **寿司**
su.shi

壽司

聯想小訣竅
「す」的發音接近「斯」，字形像個「濕」透的人，被夾在曬衣繩上。要注意發音不是「蘇」喔！

字源記憶

「す」是「寸」字草書演變而來的喔！

濕…

寸 → す → す

常見錯誤寫法

			藍圈部分需要拉直。	✕
❶す❷	❶ー	す❷		

動手寫寫看

054

初學者
POINT

這個字的發音是介於中文的「斯」、「蘇」之間，比較偏向「斯」，請不要唸成「蘇」喔！

開口唸唸看

⓪ 相撲 su.mō 相撲	② すき焼き su.ki.ya.ki 壽喜燒	⓪ 水泳 su.i.e.i 游泳	③ 水道水 su.i.dō.su.i 自來水
③ 少ない su.ku.na.i 很少的	② 凄い su.go.i 厲害的	③ 涼しい su.zu.shī 涼爽的	⓪ 西瓜 su.i.ka 西瓜

會話現學現說

◆ あなたのことが好きだ。 我喜歡你。
　a na ta no ko to ga su ki da

◆ すしを食べたい。 我想吃壽司。
　su shi wo ta be ta i

◆ 酸っぱい！ 好酸啊！
　su ppa i

◆ 素敵！ 好讚啊！
　su te ki

あなたのこと
が好きだ。

せ
[se]

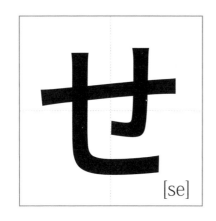

③ せんせい
先生
se.n.se.i
老師

聯想 小訣竅　「せ」的發音是 [se]，近「say」的發音，字形像個穿著長婚紗的新娘對著小個子的新郎。【記憶口訣：「Say」YES！】

字源記憶

「せ」是「世」字草書演變而來的喔！和台語「世」的發音也很接近喔！

世 → せ → せ

動手寫寫看

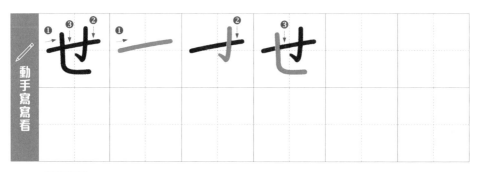

「世話」這個字是「照顧」的意思，如：「子供の世話をする。」
也常用於商業敬語，如：「これから、お世話になります。」

子供の世話をする
ko.do.mo.no.se.wa.wo.su.ru
照顧孩子

これから、お世話になります
ko.re.ka.ra　o.se.wa.ni.na.ri.ma.su
今後要承蒙您多關照

開口唸唸看

⓪ 先輩 se.n.pa.i 前輩	① 煎餅 se.n.be.i 煎餅	① 銭湯 se.n.tō 公眾浴池	② 咳 se.ki 咳嗽
③ 扇風機 se.n.pū.ki 電風扇	④ 洗濯機 se.n.ta.ku.ki 洗衣機	① 席 se.ki 座位	② 世話 se.wa 照顧

會話現學現説

◆ 咳が止まらない。　咳個不停。
se ki ga　to ma ra na i

◆ わたしは背が低い。　我個子矮。
wa ta　shi wa se ga hi ku i

◆ お世話になりました。　過去謝謝您的照顧。
o　se wa　ni na ri ma shi ta

◆ お世話様です。　承蒙您照顧。
o　se wa sa ma de su

咳が止まらない。

そ [so]

① <ruby>空<rt>そら</rt></ruby>
so.ra
天空

聯想小訣竅 「そ」的發音近 [so] ，來自中國字「曾」的草書，字形像隻看著葡萄垂涎欲滴的狐狸，心裡想著：「so」delicious!

字源記憶

平假名「そ」是「曾」字草書演變而來的喔！

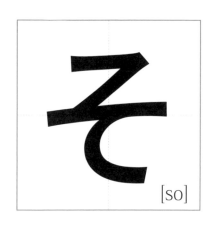

曾 →  → そ

另外一種寫法

動手寫寫看

「蕎麦」由於和「側（旁邊；指鄰居）」的讀音相同，早期，搬家後常常會贈送新鄰居「蕎麦」，除了打招呼外，也希望鄰居關係像麵條一樣細水長流，目前則以贈送 500 日圓左右的日常生活用品居多。

そば 蕎麦 so.ba 麵	そば 側 so.ba 旁邊

開口唸唸看

⓪ そこ so.ko 那裡	① そば 蕎麦 so.ba 麵	① そば 側 so.ba 旁邊	① そと 外 so.to 外面
① そふ 祖父 so.fu 外公；爺爺	① そぼ 祖母 so.bo 外婆；奶奶	⓪ それから so.re.ka.ra 然後	⓪ そつぎょう 卒業 so.tsu.gyō 畢業

會話現學現說

◆ そこだ！ 在那裡！
so ko da

◆ そば た
蕎麦、食べる？ 要吃麵嗎？
so ba ta be ru

◆ けさ、かじ家事をした。それから、にほんご日本語をべんきょう勉強した。
ke sa ka ji wo shi ta so re ka ra ni ho n go wo be n kyō wo shi ta
早上做了家事，然後念了日文。

◆ そろそろしつれい失礼します。 差不多該告辭了。
so ro so ro shi tsu re i shi ma su

蕎麦、食べる？

平假名 059

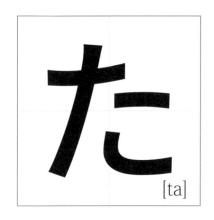

[ta]

たまご
② 卵
ta.ma.go
蛋

「た」的發音近「它」，字形像隻章魚綁著頭巾在煎章魚燒，記憶時以【「它」口很厚】來記。日文的「章魚（たこ）」發音就是「它口」喔！

字源記憶

「た」是「太」字草書演變而來的喔！和「太」的發音也很接近喔！。

太 → た → た

動手寫寫看

<table>
<tr><td>初學者
POINT</td><td>「ただいま」是「自己從外面回來時」的招呼用語，「お帰り」則是歡迎「從外面回來的人」的招呼用語。</td><td>ただいま
ta.da.i.ma
我回來了</td><td>かえ
お帰り
o.ka.e.ri
你回來了</td></tr>
</table>

開口唸唸看 1

① たこ ta.ko 章魚	◎ たこ焼き ta.ko.ya.ki 章魚燒	◎ 大変（な） ta.i.he.n.na 辛苦（な形容詞）	② たか 高い ta.ka.i 高的；貴的
③ たの 楽しい ta.no.shī 愉快的	◎ たばこ 煙草 ta.ba.ko 香菸	③ たんじょう び 誕生日 ta.n.jō.bi 生日	◎ ただいま ta.da.i.ma 我回來了

會話現學現說

◆ たいへん
大変ですね。 辛苦了！
ta i he n de su ne

◆ いちにち
たのしい一日でした。 真是愉快的一天。
ta no shī i chi ni chi de shi ta

◆ A: **ただいま。** 我回來了！
ta da i ma

B: **おかえり。** 歡迎回來！
o ka e ri

◆ たんじょう び
お誕生日、おめでとうございます！ 祝您生日快樂。
o tan jō bi o me de tō go za i ma su

ただいま。

おかえり。

ち [chi]

①② 父（ちち）
chi.chi
家父

聯想小訣竅

「ち」的發音近數字「7」，字形像個沾了血的彎刀，記憶時以【沾了血的「七」把彎刀】來記。日文的「血」，就是「ち」喔！

×7

「7」把刀～

字源記憶

「ち」是「知」字草書演變而來的喔！和「知」的發音也很接近喔！

知 → ち → ち

動手寫寫看

❶→❷ ち　　❶→ ー　❷ ち

初學者 POINT	「地下鉄」和「電車」的差異在於「地下鉄」大部分的行走區間是在地下，而電車大部分的時間是行走於路面喔！	ちかてつ 地下鉄 chi.ka.te.tsu 地下鐵	でんしゃ 電車 de.n.sha 電車

開口唸唸看

ち ⓪ 血 chi 血	ちい ③ 小さい chī.sa.i 小的	ちか ② 近い chi.ka.i 近的	ちが ⓪ 違う chi.ga.u 不對的；不一樣的
ち か てつ ⓪ 地下鉄 chi.ka.te.tsu 地下鐵	ちず ① 地図 chi.zu 地圖	ち かん ⓪ 痴漢 chi.ka.n 色情狂	ちか ① 近く chi.ka.ku 附近

會話現學現說

◆ ちかてつえき
地下鉄駅はどこですか。 地下鐵的車站在哪裡呢？
chi ka te tsu e ki wa do ko de su ka

◆ ちか　くすりや
近くに 薬屋がありますか。 附近有藥局嗎？
chi ka ku ni ku su ri ya ga a ri ma su ka

◆ にほんじん
A：日本人ですか。 請問你是日本人嗎？
ni hon ji n de su ka

B：いいえ、ちがいます。 不，我不是。
ī e chi ga i ma su

◆ ち　で
血が出ている！ 流血了！
chi ga de te i ru

血が出ている！

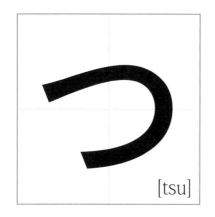

[tsu]

つくえ
⓪ 机
tsu.ku.e

桌子

聯想
小訣竅

「つ」的發音接近瑕疵的「疵」，是由中國字的「川」演變
而來，成為「つ」的字形。【記憶口訣：河川的分「支」通
通合而為一】

字源記憶

「つ」是「川」字草書演變而來的喔！

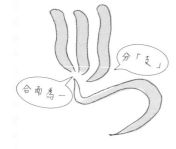

分「支」

合而為一

川 → い| → つ

動
手
寫
看

「月」和「次」發音接近易混淆，前者是「月亮」，後者則是「下一個」。如：「次の人（下一位）」、「次の便（下一班）」。

つき **月** tsu.ki 月亮	つぎ **次** tsu.gi 下一個	つぎ ひと **次の人** tsu.gi.no.hi.to 下一位	つぎ びん **次の便** tsu.gi.no.bi.n 下一班

開口唸唸看

つき ② **月** tsu.ki 月亮	つ あ ③ **付き合う** tsu.ki.a.u 交往	つく ② **作る** tsu.ku.ru 製作	つけ もの ② **漬物** tsu.ke.mo.no 醃漬品
つ ごう ⓪ **都合** tsu.gō 情況	つち ② **土** tsu.chi 泥土	つま ① **妻** tsu.ma （自己的）老婆	つめ ③ **冷たい** tsu.me.ta.i 冰涼的

會話現學現說

◆ つま に ほんじん
妻は日本人だ。 我老婆是日本人。
tsu ma wa ni ho n ji n da

◆ きょう つ ごう わる
今日はちょっと都合が悪い。 今天有點不方便。
kyō wa cho tto tsu gō ga wa ru i

◆ ふたり あ
あの二人は付き合っている。 那兩人正在交往。
a no fu ta ri wa tsu ki a tte i ru

◆ つぎ びん
次の便はいつですか。 下一班是什麼時候？
tsu gi no bi n wa i tsu de su ka

妻は日本人だ。

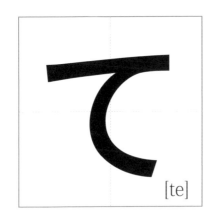

[te]

① 手
te
手

聯想
小訣竅

「て」的發音是 [te]，接近台語的「拿」（ㄊㄟˇ），記憶時以【想要「拿（ㄊㄟˇ）」】的台語「ㄊㄟˇ」來記憶。日文的「手」就是「て」喔！

字源記憶

「て」是「天」字草書演變而來的喔！和「天」的發音也很接近喔！

天 → → て

て て

初學者 POINT

日文初學者常誤以為日文裡的「天婦羅」是台灣的小吃美食「甜不辣」，其實兩者大相逕庭呢！「天婦羅」是以魚、貝類、蔬菜、肉類裹上麵衣製作而成的炸物喔！

てん
天ぷら
te.n.pu.ra
天婦羅

開口唸唸看

⓪ ていしょく **定食** te.i.sho.ku 定食	⓪ て がみ **手紙** te.ga.mi 信紙	⓪ て ちょう **手帳** te.chō 記事本	② て や **照れ屋** te.re.ya 害羞的人
③ てん のう **天皇** te.n.nō 天皇	① てん き **天気** te.n.ki 天氣	⓪ てん **天ぷら** te.n.pu.ra 天婦羅	⓪ **とても** to.te.mo 非常

會話現學現說

◆ さかなていしょく
魚定食、ください。 請給我魚定食。
sa ka na te i sho ku　ku da sa i

◆ てん　　す
わたしは天ぷらが好きだ。 我喜歡天婦羅。
wa ta shi wa te n pu ra ga su ki da

◆ て がみ　か
手紙を書く。 寫信。
te ga mi wo ka ku

◆ きょう　　あつ
今日はとても暑い！ 今天非常熱！
kyō　wa to te mo a tsu i

あついなあ！

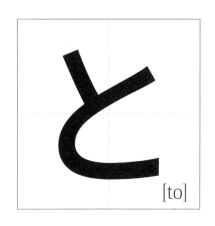

[to]

と り
◎ 鳥
to.ri

鳥

**聯想
小訣竅**

「と」的發音是 [to]，字形像個側面的鼻子上冒出一顆青春痘，記憶時以【痘痘冒出「頭」】來記。

冒出「頭」

字源記憶

「と」是「止」字草書演變而來的喔！

止 → じい → と

常見錯誤寫法

			藍圈部分太直了，需要斜一點。	×
❶と❷	❶と	と❷		と

動手寫寫看

068

初學者在發這個音一定會有的疑問就是：為什麼這個假名常常聽起來不是「と [to]」、而是「ど [do]」呢？那是因為這個假名位在單字第一個音時，送氣比較強，所以聽起來是「と [to]」，而在其他位置時，送氣沒有在第一個音時那麼強，聽起來就成為「ど [do]」的音囉！

開口唸唸看

とうふ 豆腐 ⓪ tō.fu 豆腐	とうがらし 唐辛子 ③ tō.ga.ra.shi 辣椒	とうにゅう 豆乳 ⓪ tō.nyu 豆奶	とりにく 鳥肉 ⓪ to.ri.ni.ku 雞肉
とんじる 豚汁 ③ to.n.ji.ru 豬肉味噌湯	とん 豚カツ ⓪ to.n.ka.tsu 炸豬排	とお 通り ③ tō.ri 馬路	とお 遠い ⓪ tō.i 遠的

會話現學現說

◆ A：町の大通りはどうやって行きますか。
machi no ō dō ri wa dō ya tte i ki ma su ka
城鎮的大馬路要怎麼走？

B：ここからちょっと遠いですよ。　從這裡去有點遠喔！
ko ko ka ra cho tto tō i de su yo

◆ 鳥肉セットひとつください。　給我一份雞肉套餐。
to ri ni ku se tto hi to tsu ku da sa i

◆ 豚汁とは何ですか。　豚汁是什麼東西呢？
to n ji ru to wa nan de su ka

◆ 日本人はテストの前に、豚カツを食べる。
ni ho n ji n wa te su to no ma e ni　to n ka tsu wo ta be ru
日本人考試前吃炸豬排。

ここからちょっと、遠いですよ。

[na]

② 夏 (なつ)
na.tsu

夏天

聯想小訣竅

「な」的發音是 [na]，字源是「奈」。而平假名的「な」就是「奈」簡化演變來的。「奈良」的發音是 [na‧ra]，因此請以「奈良」的地名來記憶「奈」的發音喔！

字源記憶

「な」是「奈」字草書演變而來的喔！

奈 な
な な

奈 → 灻 → な

動手寫寫看

な	一	ナ	ナ゙	な

070

日本四季分明，有春、夏、秋、冬四個明顯不同的季節喔！

初學者 POINT

① 春 はる ha.ru 春	② 夏 なつ na.tsu 夏	① 秋 あき a.ki 秋	② 冬 ふゆ fu.yu 冬

開口唸唸看

① 中 なか na.ka 裡面	② 長い なが na.ga.i 長的	⓪ 名前 な まえ na.ma.e 名字	① 何時 なん じ na.n.ji 幾點
③ 納豆 なっとう na.ttō 納豆	③ 夏休み なつやす na.tsu.ya.su.mi 暑假	① 鍋 なべ na.be 鍋物	② 生物 なま もの na.ma.mo.no 生食

會話現學現説

◆ これは何ですか？　這是什麼？
なん
ko re wa na n de su ka

◆ 今、何時ですか？　現在幾點？
いま　なん じ
i ma　na n ji de su ka

◆ 何名様ですか。　請問有幾位呢？
なんめいさま
na n me i sa ma de su ka

◆ 七人です。　有七位。
ななにん
na na ni n de su

何名様ですか。

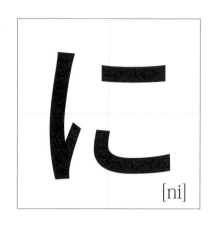

[ni]

◎ にく
肉
ni.ku
肉

聯想小訣竅

「に」的發音是 [ni]，字源是「仁」，以【我為「你」撐傘】來記憶喔！

「你」儂我儂

字源記憶

「に」是「仁」字草書演變而來的喔！和「仁」的台語發音也很接近喔！

仁 → イ亡 → に

動手寫寫看

072

「人参」這個漢字指的是紅蘿蔔，不是我們認為的韓國人蔘，韓國人蔘的日文是「朝鮮人参」喔！

にんじん
人参
ni.n.ji.n
紅蘿蔔

ちょうせんにんじん
朝鮮人参
chō.se.n.ni.n.ji.n
韓國人蔘

開口唸唸看

にお② **匂い**	に ② **日本**	に ほん ご ⓪ **日本語**	に ほんりょうり ④ **日本料理**
ni.o.i	ni.ho.n	ni.ho.n.go	ni.ho.n.ryō.ri
味道	日本	日語	日本料理
にんじん ⓪ **人参**	に もつ ① **荷物**	にわ ⓪ **庭**	にが て ⓪ **苦手**
ni.n.ji.n	ni.mo.tsu	ni.wa	ni.ga.te
紅蘿蔔	行李	庭院	不擅長

會話現學現說

◆ にお
いい匂いですね！ 好香呢！
ī nio i de su ne

◆ にく す
肉が好きですか？ 你喜歡吃肉嗎？
ni ku ga su ki de su ka

◆ りょうり にが て
わたしは料理が苦手です。 我不擅長料理。
wa ta shi wa ryō ri ga ni ga te de su

◆ に ほん ご
A：日本語ができますか。 你會日文嗎。
ni ho n go ga de ki ma su ka

B：はい、少しできます。 會，我會一些。
ha i su ko shi de ki ma su

はい、少しできます。

日本語ができますか。

ぬ

ぬ
[nu]

② 犬
　i.nu
　小狗

**聯想
小訣竅**　「ぬ」的發音是 [nu]，字源是「奴」的草書演變而來的！

字源記憶

「ぬ」是「奴」字草書演變而來的喔！和
「奴」的發音也很接近喔！

奴 → ぬ → ぬ

動手寫寫看	❶❷ ぬ	❶ い	❷ ぬ		常見錯誤寫法
					藍圈部分需要下移至虛線處，盡量與左半邊的最低位置保持水平。　✕ ぬ

「抜き」這個字是「除去」的意思，因此我們看到商品上若寫著「税抜き」是指「不含税」。和它相對的字則是「税込み」，是「含税」的意思。

抜き
nu.ki
除去

税抜き
ze.i.nu.ki
不含税

税込み
ze.i.ko.mi
含税

開口唸唸看

① 脱ぐ	② 盗む	⓪ ぬいぐるみ	⓪ 布
nu.gu	nu.su.mu	nu.i.gu.ru.mi	nu.no
脱下	偷	布玩偶	布
⓪ 塗り絵	③ 税抜き	③ 栓抜き	⓪ 死ぬ
nu.ri.e	ze.i.nu.ki	se.n.nu.ki	shi.nu
塗色畫	不含税	開瓶器	死亡

會話現學現説

◆ 雨で服が濡れました！ 因為下雨衣服濕了！
a me de fu ku ga nu re ma shi ta

◆ 上着を脱いでください。 請脱下外套。
u wa gi wo nu i de ku da sa i

◆ これは税抜きですか。 這是不含税的價錢嗎？
ko re wa ze i nu ki de su ka

◆ 栓抜き、お願いします。 請給我開瓶器。
se n nu ki o ne ga i shi ma su

雨で服が濡れた！

[ne]

① <ruby>猫<rt>ねこ</rt></ruby>
ne.ko

貓

聯想小訣竅 「ね」的發音是 [ne]，近似「ㄋㄟ」的發音，而它的字形像隻貓在電線竿扭動，記憶時以【真會扭「ㄋㄟ」】來幫助記憶，而日文的「貓」就是「ねこ」喔！

字源記憶

「ね」是「祢」字草書演變而來的喔！和「祢」的發音也很接近喔！

祢 → 祢 → ね

動手寫寫看

ね	①	② ね		藍圈部分需要下移至虛線處，盡量保持水平。	✕ ね

初學者 POINT	「眠い」是想睡，而「居眠り」則是打瞌睡。	ねむ **眠い** ne.mu.i 想睡	い ねむ **居眠り** i.ne.mu.ri 打瞌睡

開口唸唸看

ね ⓪ **寝る** ne.ru 睡覺	ねっちゅうしょう ⓪ **熱中症** ne.cchū.shō 中暑	ね ぶ そく ② **寝不足** ne.bu.so.ku 睡眠不足	ね だん ⓪ **値段** ne.da.n 價格
ねん が じょう ③ **年賀状** ne.n.ga.jō 賀年卡	⓪ **ねずみ** ne.tsu.mi 老鼠	ねむ ② **眠い** ne.mu.i 想睡覺	い ねむ ③ **居眠り** i.ne.mu.ri 打瞌睡

會話現學現説

◆ ねむ
眠い！ 好想睡！
ne mu i

◆ でんしゃ なか い ねむ
電車の中で居眠りをした。 在電車中打瞌睡。
de n sha no na ka de i ne mu ri wo shi ta

◆ ね
もう寝る！ 我要睡了！
mō ne ru

◆ ねつ で
熱が出た！ 發燒了！
ne tsu ga de ta

眠い！

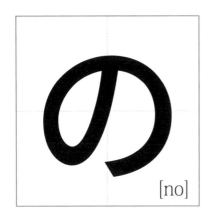

[no]

① 飲<ruby>の</ruby>む
no.mu

喝

聯想小訣竅 「の」的發音是 [no]，外型像隻棒棒糖的圓心，記憶的方式是媽媽對著吵著要糖吃的小孩說：「No」Sugar!

字源記憶

「の」是「乃」字草書演變而來的喔！

乃 → 乃 → の

動手寫寫看

❶ の	❶ の					

「の」這個字，在很多地方有被濫用的情形。為什麼這麼說呢？在日文裡，必須是連接兩個名詞時才可以用「の」喔！如：「学校の運動場」、「わたしの靴」等。（這裡先不談論其他文法功能的「の」）

学校の運動場
がっこう　うんどうじょう
ga.kkō.no.u.n.dō.jō

學校操場

わたしの靴
くつ
wa.ta.shi.no.ku.tsu

我的鞋子

開口唸唸看

② 飲み物 の　もの no.mi.mo.no 飲料	⓪ 飲み屋 の　や no.mi.ya 酒館	③ 飲み放題 の　ほう だい no.mi.hō.da.i 喝到飽	② 海苔 の　り no.ri 海苔
⓪ 乗り物 の　もの no.ri.mo.no 交通工具	⓪ 乗り場 の　ば no.ri.ba 乘車處	⓪ 暖簾 の れん no.re.n 簾子	① のど no.do 喉嚨

會話現學現說

◆ 喉が痛い！ 喉嚨痛！
のど　いた
no do ga　i ta　i

◆ 喉が渇いた！ 口渴了！
のど　かわ
no do ga ka wa　i　ta

◆ ちょっと飲みに行く。 我去喝一杯。
の　い
cho　tto　no mi ni　i ku

◆ 薬を飲む。 服藥。
くすり　の
ku su ri wo no mu

薬を飲む。

は

[ha]

① 歯
ha
牙齒

「は」的發音是 [ha]，外型像隻準備用刷子刷背的小恐龍，記憶的方式是【洗個「hot」shower，開心笑哈哈】！

字源記憶

「Hot」shower～

「は」是「波」字草書演變而來的喔！

波 →  → は

動手寫看看

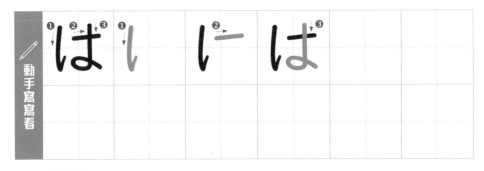

初學者 POINT	「箸」和「橋」兩個單字 重音不同喔！雖然假名都 是「はし」，但是重音分 別如下，不要搞混了呦！	① 箸 は し ha.shi 筷子	② 橋 は し ha.shi 橋

開口唸唸看

⓪ 鼻 は な ha.na 鼻子	② 花 は な ha.na 花	① 春 は る ha.ru 春天	① はい ha.i 好的；是的
⓪ 灰皿 は い ざ ら ha.i.za.ra 煙灰缸	① 箸 は し ha.shi 筷子	② 橋 は し ha.shi 橋	③ はさみ ha.sa.mi 剪刀

會話現學現説

◆ 初めまして、わたしは王です。　初次見面，我姓王。
は じ　　　　　　　　　　　おう
ha ji me ma shi te　wa ta shi wa ō de su

◆ 歯が痛いですよ！　牙齒好痛喔！
は　　い た
ha ga i ta i de su yo

（歯が痛いですよ！）

◆ もうすぐ春ですね！　很快就要春天了呢！
はる
mō su gu ha ru de su ne

◆ A：箸をください！　請給我筷子。
は し
ha shi wo ku da sa i

B：はい、少々お待ちください。　請您稍候一下。
しょうしょう　　ま
ha i　shō shō o ma chi ku da sa i

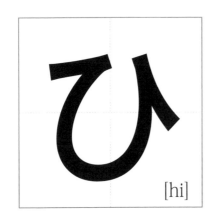

[hi]

◎ 日
ひ
hi
太陽

聯想小訣竅 「ひ」的發音是 [hi]，字形看起來像個側面的大屁股。【記憶口訣：hip】

字源記憶

Hip!

「ひ」是「比」字草書演變而來的喔！

比 → ヒ → ひ

動手寫看看

ひ	ひ				

初學者 POINT

日文中計算人數的方式是一人、二人、三人、四人……。除了「一」、「二」有特殊唸法外，其他就是以「數字」＋「人（にん）」。但需要特別注意的是，「四人」不是唸「よんにん」，而是唸「よにん」喔！

| ひとり
一人
hi.to.ri
一個人 | ふたり
二人
fu.ta.ri
兩個人 | さんにん
三人
sa.n.ni.n
三個人 | よにん
四人
yo.ni.n
四個人 |

開口唸唸看

| ひど
② **酷い**
hi.do.i
過分的；嚴重的 | にく
⓪ **ひき肉**
hi.ki.ni.ku
絞肉 | ひこうき
② **飛行機**
hi.kō.ki
飛機 | ひく
② **低い**
hi.ku.i
低的 |
| ひと
⓪ **人**
hi.to
人 | ひる
③ **昼ごはん**
hi.ru.go.ha.n
午飯 | ひとり
② **一人**
hi.to.ri
一個人 | ひとめ ぼ
⓪ **一目惚れ**
hi.to.me.bo.re
一見鐘情 |

會話現學現說

◆ **ひどい！**　真過分！
hi do i

◆ ひる　　　　　た
昼ごはんを食べた 。　吃過午餐了。
hi ru go ha n wo ta be ta

◆ ひとめ ぼ
あなたに一目惚れした 。　我對你一見鐘情。
a na ta ni hi to me bo re shi ta

◆ ひとり　す
わたしは一人で住んでいる 。　我一個人住。
wa ta shi wa hi to ri de su n de i ru

あなたに一目惚れした。

[fu]

② 冬 (ふゆ)
fu.yu

冬天

聯想小訣竅

「ふ」的發音是 [fu]，近似「呼」。發音時，請盡量壓扁嘴型，不要用牙齒咬著下唇喔！字形像累翻的上班族腋下的污漬和歪掉的領帶。【記憶口訣：丈夫累「呼」呼】

字源記憶

「ふ」是「不」字草書演變而來的喔！

不 → → ふ

動手寫看看

ぶ ふ ふ ふ ふ

初學者 POINT

現今的日本是以穿著洋服為主，因此「服（ふく）」一般來說都是指「洋服」，而「和服」則是指「着物」這類的日式和服。

服 ふく fu.ku 衣服	洋服 ようふく yō.fu.ku 洋服	和服 わふく wa.fu.ku 和服	着物 きもの ki.mo.no 日式和服

開口唸唸看

① 船 ふね fu.ne 船	② 深い ふか fu.ka.i 深的	② 古い ふる fu.ru.i 老舊的	① 夫婦 ふうふ fū.fu 夫妻
⓪ 封筒 ふうとう fū.tō 信封	① 富士山 ふじさん fu.ji.sa.n 富士山	② 服 ふく fu.ku 衣服	③ 二人 ふたり fu.ta.ri 二個人

會話現學現說

◆ ほら、富士山だ！　快看！是富士山耶！
ho ra　fu ji sa n da

◆ あの二人は夫婦だ。　那兩個人是夫妻。
a no fu ta ri wa fū fu da

◆ 日本の冬は寒い。　日本的冬天很冷。
ni ho n no fu yu wa sa mu i

◆ 船で沖縄へ行く。　搭船去沖繩。
fu ne de o ki na wa e i ku

ほら、富士山だ！

あ行
か行
さ行
た行
な行
は行
ま行
や行
ら行
わ行
鼻音

ヘ

[he]

② 部屋
he.ya

房間

「ヘ」的發音是 [he]，同「黑」，外型像座山。【記憶口訣：爬山累得「嘿」呦！「嘿」呦！】

字源記憶

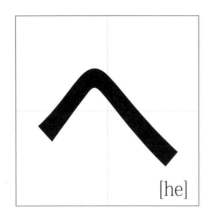

「嘿」呦！
「嘿」呦！

「ヘ」是「部」字草書演變而來的喔！

部 →  → ヘ

動手寫寫看

「へ」在單字中唸 [he] 的音，如：「下手」。但是當作句子裡的助詞使用時，需要唸成 [e]，如：「会社へ行く」，此時「へ」這個助詞是表示方向的，所以「お客様へ」、「先生へ」，就分別為「給客人」、「給老師」。

へ た **下手** he.ta 不擅長	かい しゃ い **会社へ行く** ka.i.sha.e.i.ku 去公司	きゃく さま **お客様へ** o.kya.ku.sa.ma.e 給客人	せん せい **先生へ** se.n.se.i.e 給老師

開口唸唸看

へ た ② **下手（な）** he.ta.na 不厲害 (な形容詞)	へび ① **蛇** he.bi 蛇	へ ⓪ **減る** he.ru 減少	へん しつ ⓪ **変質** he.n.shi.tsu 變質
へん ① **変（な）** he.n.na 奇怪的 (な形容詞)	へそ ⓪ **臍** he.so 肚臍	⓪ **へそくり** he.so.ku.ri 私房錢	① **へ** e 表示方向的助詞

會話現學現說

◆ にく へん にお
この肉は変な匂いがする。 我覺得這個肉有怪味道。
ko no ni ku wa he n na ni o i ga su ru

◆ **どこへ？** 去哪？
do ko e

◆ みぎ ま
右へ曲がる 往右轉
mi gi e ma ga ru

◆ へび こわ
蛇が怖い 蛇很可怕
he bi ga ko wa i

蛇が怖い

[ho]

① ほん
本
ho.n
書本

「ほ」的發音是 [ho]，字形像「活」的草書，也像一隻想吃香蕉的猴子。【記憶口訣：樂「猴」，樂活！】

字源記憶

口水滴～

「ほ」是「保」字草書演變而來的喔！字形是不是很像呢？

保 → ほ → ほ

動手寫寫看

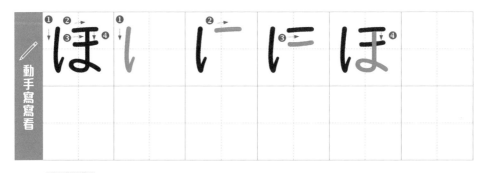

日文裡「本」這個漢字是指「書」的意思，但前面如果有數字的話，則當作數量詞使用，用來計算長條形物品，像啤酒、鉛筆等等就是用「一本」、「二本」、「三本」……來數喔！

いっぽん **一本** i.ppo.n 一瓶、一根	に ほん **二本** ni.ho.n 二瓶、二根	さん ぽん **三本** sa.n.bo.n 三瓶、三根

開口唸唸看

ほね ② 骨 ho.ne 骨頭	ほん や ① 本屋 ho.n.ya 書店	ほん だな ① 本棚 ho.n.da.na 書架	いっ ぽん ① 一本 i.ppo.n 一瓶、一根等長條狀的數量詞
⓪ ほくろ ho.ku.ro 痣	ほっ かい どう ③ 北海道 ho.kka.i.dō 北海道	ほん とう ⓪ 本当 ho.n.tō 真的	⓪ ほか ho.ka 其他

會話現學現說

◆ いっぽん
ジュース、**一本**ください。　請給我一瓶果汁。
jū su i ppo n ku da sa i

◆ ちか ほん や
この**近く**に**本屋**がある。　這附近有書局。
ko no chi ka ku ni ho n ya ga a ru

◆ らいげつ ほっかいどう い
来月、**北海道**へ**行く**。　下個月要去北海道。
ra i ge tsu ho kka i dō e i ku

◆ ほんとう
本当に？　真的嗎？
ho n tō ni

ジュース、一本ください。

ま [ma]

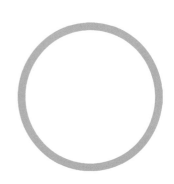

まる
⓪ 丸
ma.ru
圓圈

聯想
小訣竅

「ま」的發音是 [ma]，字源是「末」，字形則像跑「馬」拉松的選手。

字源記憶

「ま」是「末」字草書演變而來的喔！字形是不是很像呢？發音也很接近喔！

末 → 末 → ま

動手寫寫看

ま	一	ま		

日文中「0」可以唸做「ゼロ [ze.ro]」、零「れい [re.i]」，房號等的「0」也常用「丸（まる）[ma.ru]」來表示。如：105号室、台北101。

ごうしつ
105 号室
i.chi.ma.ru.go.gō.shi.tsu
105 號房

たいぺい
台北 101
ta.i.pe.i.i.chi.ma.ru.i.chi
台北 101

開口唸唸看

まわ
⓪ **周り**
ma.wa.ri
周圍

まんせき
⓪ **満席**
ma.n.se.ki
客滿

ま
⓪ **負ける**
ma.ke.ru
輸

① **まだ**
ma.da
尚未；還未

⓪ **また**
ma.ta
又；再

まほうびん
② **魔法瓶**
ma.hō.bi.n
保溫瓶

まど
① **窓**
ma.do
窗戶

③ **わがまま**
wa.ga.ma.ma
任性

會話現學現說

ま
◆ **待ってください。** 請等一下！
ma tte ku da sa i

ま
◆ **負けるな！** 不准輸！（比賽時的聲援）
ma ke ru na

まど あ
◆ **窓を開けてください。** 請開窗。
ma do wo a ke te ku da sa i

こ
◆ **A：まだ、タクシー来ないの？** 計程車還沒到嗎？
ma da ta ku shi ko na i no

おそ
◆ **B：うん、遅いね。** 嗯！真慢呢！
u n o so i ne

まだ、タクシー
来ないの？

[mi]

◎ 水
mi.zu
水

聯想小訣竅

「み」的發音是 [mi]，字源是「美」的草書，發音則和「美人」的台語 [bí-jîn] 接近喔！

字源記憶

「み」是「美」字草書演變而來的喔！字形和發音是不是很像呢？

美 → 美 → み

動手寫寫看

み	み	み			

092

「水」[mi.zu]、「お水」[o.mi.zu] 都是水的意思，加「お」只是為了美化這個字，並沒有改變意思，常見的還有「お酒」。注意「お」的用法很多，不是每個字都可以加喔！如：「✕おビール」，因為外來語不可以加上「お」或「ご」喔！

<sake>
お酒
o.sa.ke
酒

ビール
bī.ru
啤酒
（前面不可加上お）

開口唸唸看

<みかん> ① 蜜柑 mi.ka.n 橘子	<みぎ> ⓪ 右 mi.gi 右邊	<みみ> ② 耳 mi.mi 耳朵	<みち> ⓪ 道 mi.chi 道路
<みどり> ① 緑 mi.do.ri 綠色	<みな> ② 皆さん mi.na.sa.n 大家	<み> ① 見る mi.ru 看	<みせ> ② 店 mi.se 店家

會話現學現說

◆ あのかばん、見せてください。　請給我看那個皮包。
　a no ka ba n　mi se te ku da sa i

◆ 見て！この写真！　快看這張照片。
　mi te　ko no sha shi n

見て！
この写真！

◆ 水、ください！　請給我一杯水！
　mizu　ku da sa i

※ 這是有點不太禮貌，或對很熟的人的講法。
　「お水、ください。」是比較有禮貌的說法。

◆ この辺、面白い店はありますか。
　ko no he n　o mo shi ro i mi se wa　a ri ma su ka
　這附近有有趣的商店嗎？

[mu]

むし
◎ 虫
mu.shi

蟲

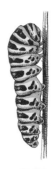

聯想小訣竅

「む」的發音是 [mu]，音似「毋」的台語，外型像被繩子勒住脖子的蛇，旁人看得心驚膽跳大叫：「【毋】湯喔！」（「這樣不行！」的台語）

字源記憶

「毋」湯喔！

「む」是「武」字草書演變而來的喔！發音是不是很像呢？

武 → （草書） → む

動手寫寫看

① む ② ③	① — む	② む	③ む	常見錯誤寫法
				右下藍圈處要再往下一點。點要點在橫線右方，不是上方。 お

094

初學者 POINT

「娘」這個漢字會容易誤會成母親，事實上「娘」是指女兒喔！

むすめ
娘
mu.su.me
女兒

開口唸唸看

むだ ⓪ **無駄** mu.da 沒用	むね ② **胸** mu.ne 胸部	むりょう ⓪ **無料** mu.ryō 免費	むしば ⓪ **虫歯** mu.shi.ba 蛀牙
むぎちゃ ② **麦茶** mu.gi.cha 麥茶	むすこ ⓪ **息子** mu.su.ko 兒子	むすめ ③ **娘** mu.su.me 女兒	むかし ⓪ **昔** mu.ka.shi 從前

會話現學現說

◆ むしば いた
虫歯が痛い！　蛀牙好痛！
mu shi ba ga i ta i

◆ こども むりょう
子供は無料だ。　小孩子免費。
ko do mo wa mu ryō da

◆ むすめ しょうがくせい
娘は小学生だ。　女兒是小學生。
mu su me wa shō ga ku se i da

◆ むだ
無駄だ！　沒用的！
mu da da

子供は無料です。

① め
目
me
眼睛

[me]

聯想小訣竅

「め」的發音是[me]，外型像「女」的草書，也像漂亮的眼睛。日文的「眼睛」就是「め」喔！【記憶口訣：正「妹」的眼睛真美】

字源記憶

「め」是「女」字草書演變而來的喔！發音是不是很像呢？

女 → め → め

動手寫寫看

初學者
POINT

「免許」是指證照，前面只要放上名詞，即可代表是什麼樣的證照喔！如「運転免許」、「調理師免許」。

うんてんめんきょ
運転免許
u.n.te.n.me.n.kyo
駕照

ちょうりしめんきょ
調理師免許
chō.ri.shi.me.n.kyo
料理執照

開口唸唸看 👅

めいし ⓪ **名刺** me.i.shi 名片	めがね ① **眼鏡** me.ga.ne 眼鏡	めぐすり ② **目薬** me.gu.su.ri 眼藥水	めずら ④ **珍しい** me.zu.ra.shī 稀奇的
めんきょ ① **免許** me.n.kyo 證照	めんせつ ⓪ **面接** me.n.se.tsu 面試	めんどう ⑥ **面倒くさい** me.n.dō.ku.sa.i 費事的；麻煩的	めんぜいひん ③ **免税品** me.n.ze.i.hi.n 免税品

會話現學現說

◆ めがね
わたしは眼鏡をかけている。　我戴眼鏡。
wa ta shi wa me ga ne wo ka ke te i ru

◆ めんどう
面倒くさい！　真麻煩！
me n dō ku sa i

◆ めんぜい
これは免税できますか。　這可以免税嗎？
ko re wa me n ze i de ki ma su ka

◆ こくさいうんてんめんきょしょう　も
国際運転免許証を持っていますか。
ko ku sa i u n te n me n kyo shō wo mo tte i ma su ka
有國際駕照嗎？

わたしは眼鏡をかけている。

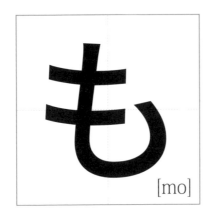

も

[mo]

も も
⓪ 桃
mo.mo

桃子

聯想小訣竅

「も」的發音是 [mo]，字源是「毛」，和台語的「毛」發音「môo」也很接近，字形則像一株沙漠裡的仙人掌，頂著一頂「Q『毛』」喔！

字源記憶

「も」是「毛」字草書演變而來的喔！發音跟字形是不是很像呢？

毛 → 毛 → も

動手寫看看

初學者 POINT 「腿」和「桃」的假名都是「もも」，但是重音不同。

① 腿 もも mo.mo 大腿	⓪ 桃 もも mo.mo 桃子

あ行	

開口唸唸看

③ 木曜日 もくようび mo.ku.yō.bi 禮拜四	② 勿論 もちろん mo.chi.ro.n 當然	② 物 もの mo.no 物品	⓪ 贋物 にせもの ni.se.mo.no 贋品
① 紅葉 もみじ mo.mi.ji 楓葉	⓪ 問題 もんだい mo.n.da.i 問題	① 雲 くも ku.mo 雲	③ 曇り くも ku.mo.ri 陰天

會話現學現説

◆ もういい！ 真是夠了！
　mō　　i

◆ もう一度言ってください 。 請再說一次。
　mō　ichi do　i　 tte　ku da sa i
　　　いちど い

◆ もうすぐだ 。 馬上就好了。
　mō　　su gu da

◆ 紅葉狩りに行く 。 去賞楓。
　mo mi ji ga ri ni　i　ku
　もみじ　が　　　い

もう一度言ってください。

あ行 か行 さ行 た行 な行 は行 ま行 や行 ら行 わ行 鼻音

平假名 099

や

[ya]

② 山
ya.ma
やま

山

「や」的發音是 [ya]，字源是「也」，和「也」的台語發音 [ya] 類似，字形則像一條繩子圈住你和我，以【黑「壓」壓的房間，只有你我】來記憶，日語的「房間」就是「へや」（黑壓）喔！

字源記憶

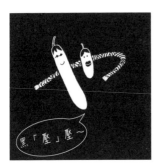

黑「壓」壓~

「や」是「也」字草書演變而來的喔！發音跟字形是不是都很像呢？

也 → ヤ → や

動手寫寫看

初學者 POINT	「屋」這個漢字唸作 「や」，加在名詞後表 示「⋯⋯店」或是「經 營⋯⋯店的人」。	すし屋^や su.shi.ya 壽司店（師傅）	魚屋^{さかな や} sa.ka.na.ya 魚店（商人）

開口唸唸看

⓪ 野球 ^{や きゅう} ya.kyū 棒球	⓪ やる ya.ru 做⋯⋯	② 嫌（な） ^{いや} i.ya.na 討厭的（な形容詞）	③ もやし mo.ya.shi 豆芽菜
② 親 ^{おや} o.ya 父母	② おやつ o.ya.tsu 點心	② 安い ^{やす} ya.su.i 便宜的	⓪ 八百屋 ^{や お や} ya.o.ya 蔬果店

會話現學現説

◆ いや、いや。　不是、不是。
i ya　i ya

◆ いやだ！　真討厭！（也有「不要」的意思）
i ya da

◆ やった、やった！　太棒了！
ya tta　ya tta

◆ やめろ！　給我停下來！
ya me ro

やめろ！

[yu]

ゆ

◎ お湯
o.yu

熱水

聯想小訣竅

「ゆ」的發音是 [yu]，外型像遊樂園裡的雲霄飛車軌道，發音則和「暈」做聯想。而日文裡的遊樂園是「ゆうえんち」[yu.e.n.chi] 喔！【記憶口訣：雲霄飛車，我「暈」！】

字源記憶

「ゆ」是「由」字草書演變而來的喔！發音是不是很像呢？

由 → → ゆ

常見錯誤寫法

| 動手寫寫看 | ゆ | ゆ | ゆ | 右下方的弧形需要超過中間那一劃。 | ゆ |

日文漢字「床」唸作「ゆか」，指地板，另一個發音是「とこ」，跟中文的「床」一點關係都沒有喔！日文的床是用外來語「ベッド」。「ゆか」跟「とこ」有時意思相通，都指「地板」，但「とこ」比較常指中文「床」（睡覺的地方），如：床の間。

床 ゆか yu.ka 地板	床 とこ to.ko 地板	床の間 とこ ま to.ko.no.ma 睡覺的地方	ベッド be.ddo 床

開口唸唸看

⓪ 床 ゆか yu.ka 地板	⓪ 浴衣 ゆ かた yu.ka.ta 浴衣	③ ゆっくり yu.kku.ri 慢慢地	② 雪 ゆき yu.ki 雪
③ 昨夜 ゆう べ yū.be 昨晚	⓪ 梅雨 つ ゆ tsu.yu 梅雨	① つゆ tsu.yu 沾醬	② 痒い かゆ ka.yu.i 癢的

會話現學現說

◆ 雪が降っている。　正在下雪。
　ゆき ふ
　yu ki ga fu tte i ru

◆ 目がかゆい！　眼睛癢！
　め
　me ga ka yu i

◆ どうぞ、ごゆっくり。　請慢用；請慢慢享受。
　dō zō go yu kku ri

◆ 日本では梅雨は六月から七月までだ。
　に ほん　　　つ ゆ　ろくがつ　　しちがつ
　ni ho n de wa tsu yu wa ro ku ga tsu ka ra shi chi ga tsu ma de da
　日本的梅雨季是從六月持續到七月。

どうぞ、
ごゆっくり。

よ

[yo]

① <ruby>夜<rt>よる</rt></ruby>
yo.ru
夜晚

聯想 小訣竅
「よ」的發音是 [yo]，字形像一個人踩到香蕉皮後，跌得頭下腳上。【記憶口訣：小皮球，香蕉「油」】

字源記憶

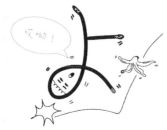

「よ」是「與」字草書演變而來的喔！發音是不是很像呢？

與 →  → よ

動手寫寫看

よ		よ				

<table>
<tr><td>

初學者 POINT

「読む」是指「閲讀」，「見る」則是「看」。所以看書的動詞是「本を読む」，看電影則用「映画を見る」。

</td><td>

ほん　よ
本を読む
ho.n.wo.yo.mu
看書

</td><td>

えい が　　み
映画を見る
e.i.ga.wo.mi.ru
看電影

</td></tr>
</table>

開口唸唸看 🎵

よ ぞら ① **夜空** yo.zo.ra 夜晚的天空	よ　ど　　ぐすり ⑤ **酔い止め薬** yo.i.do.me.gu.su.ri 醒酒藥	ようしつ ⓪ **洋室** yō.shi.tsu 西式房間	よう　しょく ⓪ **洋食** yō.sho.ku 西式料理
よう ふく ⓪ **洋服** yō.fu.ku 衣服	よ ⓪ **呼ぶ** yo.bu 呼叫	よ ① **読む** yo.mu 閱讀	よ ⓪ **よっぱらう** yo.ppa.ra.u 喝醉

會話現學現説

◆ きゅうきゅうしゃ　よ
救急車を呼んでください！　請叫救護車。
kyū　kyū sha wo yo n de ku da sa i

◆ ようしょく　わ しょく
洋食と和食、どちらがいい。　西式料理和日式料理哪個好？
yō sho ku to wa sho ku　do chi ra ga　i

◆ しゅじん　いま　ほん　よ
主人は今、本を読んでいる。　老公目前正在看書。
shu ji n wa i ma　ho n wo yo n de i ru

◆ ようふくう　　ば
洋服売り場はどこですか。　衣服賣場在哪裡？
yō fu ku u　ri ba wa do ko de su ka

主人は今、
本を読んでいる。

ら [ra]

① いくら
i.ku.ra
多少錢？

聯想小訣竅

「ら」的發音是「拉」，雖然羅馬拼音標記是 [ra]，但發音是 [la]，字形像個人在拼命「拉」大蘿蔔！

字源記憶

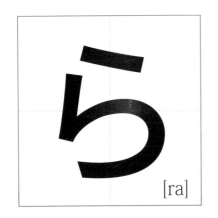

「拉」～

「ら」是「良」字草書演變而來的喔！發音是不是很像呢？

良 → ろ → ら

常見錯誤寫法

			不是寫一個「5」，藍圈部分需要斜一點。
ら	ら	ら	✕ ら

動手寫寫看

「ら行」的假名要特別留意，羅馬音標雖然是 [ra] [ri][ru][re] [ro]，但千萬不能這樣唸。還是得唸成 [la]（喇）、[li]（哩）、[lu]（嚕）、[le]（壘）、[lo]（囉）的發音才行喔！

開口唸唸看

らいしゅう ⓪ 来週 ra.i.shū 下週	らいげつ ① 来月 ra.i.ge.tsu 下個月	らいねん ⓪ 来年 ra.i.ne.n 明年	① ほら ho.ra 你看！
① きらきら ki.ra.ki.ra 閃亮亮	① いらいら i.ra.i.ra 焦慮	⓪ どら焼き do.ra.ya.ki 銅鑼燒	① どちら do.chi.ra 哪一方、哪位 （だれ的敬語）

會話現學現說

◆ A：どっちがいい？　哪個好呢？
do cchi ga ī
※ どっち＝どちら的口語，意思是「哪一邊」

B：こっちがいい。　這個比較好。
ko cchi ga ī
※ こっち＝こちら的口語，意思是「這一邊」

◆ いらいらしている。　現在很焦慮。
i ra i ra shi te i ru

らいねんそつぎょう
◆ 来年卒業する。　明年要畢業了。
ra i ne n so tsu gyō su ru

◆ どら焼きはドラえもんの大好物だ。
do ra ya ki wa do ra e mo n no da i kō bu tsu da
哆啦 A 夢最喜歡的東西是銅鑼燒。

いらいらしている。

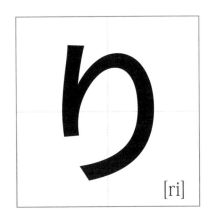

[ri]

◎ 祭り

まつ

ma.tsu.ri

祭典

聯想小訣竅 「り」的發音是「ㄌㄧー」，雖然羅馬拼音標記是 [ri]，但發音是 [li]。它的字源是取「利」的右半邊，外形像雙節棍，聯想方式【「李」小龍使雙節棍】，李小龍的音文名字是 Bruce「Lee」，也可以幫助記憶發音喔！

字源記憶

Bruce「Lee」

「り」是「利」字草書演變而來的喔！發音是不是很像呢？

利 → 𛀁 → り

❶り❷	❶り	り❷			

動手寫寫看

初學者 POINT

剪頭髮的地方日文有很多種說法，除了「理髮店」之外還有「床屋」，這兩種都是男生或是年紀大的男性去的地方。女生通常是去「美容室」、「ヘアサロン」等，說錯的話容易被笑喔！

りはつてん **理髪店** ri.ha.tsu.te.n 理髮店	とこや **床屋** to.ko.ya 家庭理髮	びようしつ **美容室** bi.yō.shi.tsu 美容院	**ヘアサロン** he.a.sa.ro.n 美髮沙龍

開口唸唸看

りゆう ⓪ **理由** ri.yū 理由	りんご ⓪ **林檎** ri.n.go 蘋果	りんじん ⓪ **隣人** ri.n.ji.n 鄰居	りっぱ ⓪ **立派（な）** ri.ppa.na 豪華的（な形容詞）
りはつてん ② **理髪店** ri.ha.tsu.te.n 理髮店	りこん ⓪ **離婚** ri.ko.n 離婚	かえみち ③ **帰り道** ka.e.ri.mi.chi 回程	とお ③ **通り** tō.ri 馬路；如前所述

會話現學現說

◆ なみえ りこん
奈美恵ちゃんは離婚した。 奈美恵離婚了。
na mi e cha n wa ri ko n shi ta

◆ とお
その通り！ 正是如此！
so no tō ri

◆ りっぱ いえ
立派な家だね。 真是豪華的房子啊！
ri ppa na ie da ne

◆ かえ みち か
帰り道でパンを買った。 回程路上買了麵包。
ka e ri mi chi de pa n wo ka tta

奈美恵ちゃん〜は離婚した。

あ行
か行
さ行
た行
な行
は行
ま行
や行
ら行
わ行
鼻音

平假名 109

[ru]

② <ruby>古<rt>ふる</rt></ruby>い
fu.ru.i
老舊的

聯想
小訣竅 「る」的發音是「嚕」，雖然羅馬拼音標記是 [ru]，但發音是 [lu]，字形像條蜿蜒曲折的「路」。【記憶口訣：此「路」不通！】

字源記憶

此「路」不通！

「る」是「留」字草書演變而來的喔！發音是不是很像呢？

留 →  → る

動手寫寫看

初學者 POINT	「いる」是人、動物等有生命存在的「有」，而「ある」則是非生物、或無法移動的植物的「有」喔！	いる i.ru 有（生物）	ある a.ru 有（非生物）

開口唸唸看

⓪ 留守電 る　す　でん ru.su.de.n 電話答錄機	⓪ 留守番 る　す　ばん ru.su.ba.n 留守的人	② ずるい zu.ru.i 狡猾的	⓪ いる i.ru] 有（生物）
① ある a.ru 有（非生物）	⓪ する su.ru 做	① つるつる tsu.ru.tsu.ru 光滑的	③ うるさい u.ru.sa.i 囉唆的、吵鬧的

會話現學現説

◆ うるさい！　真囉嗦！
　　u ru sa i

◆ ずるい！　真狡猾！
　　zu ru i

◆ 子供がいる 。　有小孩。
　　こ ども
　　ko do mo ga i ru

◆ 荷物がある 。　有行李。
　　に もつ
　　ni mo tsu ga a ru

うるさい！

[re]

③ 冷蔵庫
<small>れいぞうこ</small>
re.i.zō.ko

冰箱

聯想小訣竅 「れ」的發音是「ㄌㄟ」，雖然羅馬拼音標記是 [re]，但發音是 [le]，字形像一個很有禮貌的藝伎跪在榻榻米上面。【記憶口訣：真有「禮」】

字源記憶

「禮」多人不怪

「れ」是「礼」字草書演變而來的喔！發音和外型是不是很像呢？

礼 → 𛀢 → れ

動手寫看

<table>
<tr><td colspan="3">

日文裡和「放假」相關的單字有「連休」、「祝日」和「定休日」。
</td></tr>
</table>

初學者 POINT

日文裡和「放假」相關的單字有「連休」、「祝日」和「定休日」。

れんきゅう **連休** re.n.kyū 連假	しゅくじつ **祝日** shu.ku.ji.tsu 國定假日	ていきゅう び **定休日** te.i.kyū.bi 商店等固定要休息的日子

開口唸唸看

れい めん ① **冷麺** re.i.me.n 冷麺（朝鮮料理）	れんしゅう ⓪ **練習** re.n.shū 練習	れん きゅう ⓪ **連休** re.n.kyū 連假	れい ⓪ **お礼** o.re.i 謝禮
れい とうしょくひん ⑤ **冷凍食品** re.i.tō.sho.ku.hi.n 冷凍食品	れん あい えい が ⑤ **恋愛映画** re.n.a.i.e.i.ga 愛情電影	い ⓪ **入れる** i.re.ru 使……放入	れい ① **例** re.i 例子

會話現學現說

◆ これは**お礼**です。　這是謝禮。
　ko re wa o re i de su

◆ **連休** はどこへ**行**くの？　連休要去哪？
　re n kyū wa do ko e i ku no

◆ **例**を**挙**げてください。　請舉例。
　rei wo a ge te ku da sa i

◆ これを**入**れてください。　請把這個放進去。
　ko re wo i re te ku da sa i

これはお礼です。

ろ

[ro]

② いろ
色
i.ro
顔色

聯想小訣竅　「ろ」的發音是「漏」，雖然羅馬拼音是 [ro]，但發音是 [lo]，字形像一台輪胎「漏」氣的腳踏車。

字源記憶

「ろ」是「呂」字草書演變而來的喔！發音是不是很像呢？

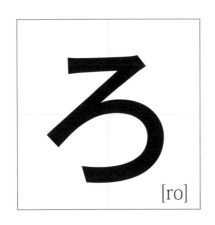

呂 → 呂 → ろ

常見錯誤寫法

動手寫寫看	❶→ ろ	❶→ ろ		不是寫一個「3」喔！	✕ ろ

<table>
<tr><td>初學者
POINT</td><td>「老人」、「浪人」發音
不一樣喔！前者指老人，
後者多指因升學考試失
敗，在家等待下個考試的
人。</td><td>ろうじん
老人
rō.ji.n
老人</td><td>ろうにん
浪人
rō.ni.n
浪人</td></tr>
</table>

開口唸唸看

ろくがつ ④ **六月** ro.ku.ga.tsu 六月	ろうじん ⓪ **老人** rō.ji.n 老人	ろうにん ⓪ **浪人** rō.ni.n 浪人	ろうどうしゃ ③ **労働者** rō.dō.sha 勞動者
ろてんぶろ ⓪ **露天風呂** ro.te.n.bu.ro 露天浴池	ろめんでんしゃ ④ **路面電車** ro.me.n.de.n.sha 路面行走的電車	ろんぶん ⓪ **論文** ro.n.bu.n 論文	ろうか ⓪ **廊下** rō.ka 走廊

會話現學現說

◆ そつぎょう ろんぶん か
卒業するために、論文を書く。 為了畢業要寫論文。
so tsu gyō　su ru　ta me ni　ro n bu n wo　ka ku

◆ くに ろうじん おお
この国は老人が多い。 這個國家老人多。
ko no ku ni wa　rō ji n ga　ō　i

◆ ろうにんちゅう
わたしは浪人中だ。 我是重考生。
wa ta shi wa　rō ni n　chū da

◆ なにいろ す
A：何色が好き？ 喜歡什麼顏色呢？
na ni i ro ga su ki

◆ す
B：ピンクが好きだ。 喜歡粉紅色。
pi n ku ga su ki da

卒業するために、
論文を書く。

平假名　115

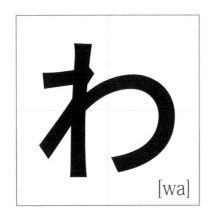

[wa]

① 庭
ni.wa
庭院

聯想小訣竅

「わ」的發音是 [wa]，字形像個從門後探出頭的幽靈，記憶方式是看到幽靈的人一定會大叫：「【哇】！有鬼！」

字源記憶

「わ」是「輪」字草書演變而來的喔！

「哇」！有鬼！

輪 → → わ

動手寫寫看

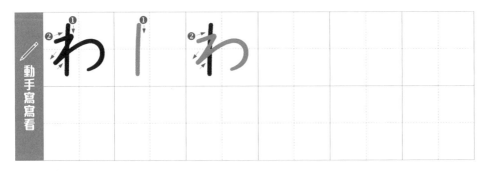

日文中有很多種男性自稱的說法，例如：「僕」、「俺」、「わし」，女性則多使用「わたし」。注意！無論男女，對長輩和上司及正式場合時仍須使用「わたし」，或是更有禮貌的謙稱「わたくし」。

ぼく 僕	おれ 俺	わし	わたし 私	わたくし
bo.ku	o.re	wa.si	wa.ta.shi	wa.ta.ku.shi
我	我	我	我	我
（年輕男性）	（成年男性）	（年老男性）	（男女皆可）	（謙稱）

開口唸唸看

わたし ⓪私	わか ②若い	②わかる	わ しつ ⓪和室
wa.ta.shi	wa.ka.i	wa.ka.ru	wa.shi.tsu
我	年輕的	明白；懂	和室
わす ⓪忘れる	わる ②悪い	わた ⓪渡る	お ⓪終わり
wa.su.re.ru	wa.ru.i	wa.ta.ru	o.wa.ri
忘記	不好的；不好意思	橫越	結束

會話現學現說

◆ わたしは 教師です。　我是老師。
きょうし
wa ta shi wa kyō shi de su

◆ お若いですね！　好年輕！
わか
o wa ka i de su ne

◆ 終わりだ。　結束了。
お
o wa ri da

◆ A：これ、どうぞ。　這個，給你。
ko re　dō zo

B：悪いね！　真不好意思呢！
わる
wa ru i ne

お若いですね！

を [wo]

<ruby>野菜<rt>や さ い</rt></ruby>を<ruby>食<rt>た</rt></ruby>べる
ya.sa.i.wo.ta.be.ru

吃蔬菜

聯想小訣竅

「を」的發音是「歐」，雖然羅馬拼音是 [wo]，但需要發成 [o]，聯想方式是一個人踩在衝浪板上衝浪，觀眾看得歎為觀止大叫：「Oh！【偶】像！」

字源記憶

「を」是「遠」字草書演變而來的喔！

遠 → ～ → を

動手寫寫看

初學者 POINT

「を」的發音和あ行音的「お」一樣唸成 [o]，羅馬拼音用 [wo] 標記，發音則是「歐」。但「を」是助詞，僅會出現在「名詞を動詞」的句型中，不會出現在單字中喔！

開口唸唸看

き 気をつけて ki.wo.tsu.ke.te 小心	じ か 字を書く ji.wo.ka.ku 寫字	へ や そう じ 部屋を掃除する he.ya.wo.sō.ji.su.ru 打掃房間	はん た ご飯を食べる go.ha.n.wo.ta.be.ru 吃飯
みず の 水を飲む mi.zu.wo.no.mu 喝水	しゃしん と 写真を撮る sha.shi.n.wo.to.ru 拍照	に ほん ご べんきょう 日本語を勉強する ni.ho.n.go.wo.be.n.kyō.su.ru 學習日文	しお と 塩を取る shi.o.wo.to.ru 拿鹽巴

會話現學現說

◆ しお
塩をとってください。 請幫我拿鹽巴。
shi o wo to tte ku da sa i

◆ しゃしん と
写真を撮ってもいいですか。 可以拍照嗎？
sha shi n wo to tte mo ī de su ka

◆ き
気をつけてね！ 請小心喔！
ki wo tsu ke te ne

◆ へ や そう じ
部屋を掃除しています。 正在打掃房間。
he ya wo sō ji shi te i ma su

部屋を掃除しています。

ん

[n]

せん えん
① 千円
se.n.e.n

一千元

聯想小訣竅 「ん」的發音是鼻音 [n]，字形像個人蹲在馬桶上【嗯嗯】（便便）。

字源記憶

「ん」是「无」字草書演變而來的喔！

无 → え → ん

動手寫寫看

❶ ん	❶ ん					

<table>
<tr><td>初學者
POINT</td><td>「ん」這個字並沒有獨立的單字存在，它必須與其他假名結合後一起發音。</td></tr>
</table>

開口唸唸看 👅

⓪ 簡単（な） かん たん ka.n.ta.na 簡單的（な形容詞）	③ 缶切り かん き ka.n.ki.ri 開罐器	⓪ 乾杯 かん ぱい ka.n.pa.i 乾杯	⓪ 林檎 りん ご ri.n.go 蘋果
⓪ 心配 しん ぱい shi.n.pa.i 擔心	① 餡 あん a.n 餡料	③ 半分 はん ぶん ha.n.bu.n 一半	③ うんざり u.n.za.ri 厭煩

會話現學現説

◆ A：しまった！ 糟了！
   shi ma tta

B：うん？どうしたの？ 嗯？怎麼了？
   u n   dō shi ta no

◆ もううんざりだ！ 真是夠了！
   mō u n za ri da

◆ 母は心配性だ。 家母很愛操心。
   はは　しんぱいしょう
   ha ha wa shi n pa i shō da

しまった！

◆ ご飯、半分にしてください。 飯請給我一半就好。
   はん　はんぶん
   go ha n ha n bu n ni shi te ku da sa i

NOTE

片假名

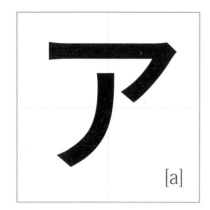

[a]

⑤ **アイスクリーム**
a.i.su.ku.ri.mu

冰淇淋

 聯想
小訣竅

「ア」唸作「阿」，是從中國字「阿」字左半部演變而來，因此發音和字形都很相近喔！

字源記憶

片假名「ア」字是由中國字「阿」演變而來的，因此字形和發音都很接近「阿」。

阿 → 阝 → ア

① ア	① ② ア			

動手寫寫看

124

アパート a.pā.to 公寓	**マンション** ma.n.sho.n 大廈

初學者 POINT

「アパート」和「マンション」的差異是，「アパート」通常只有兩層樓，因此不會有電梯，而「マンション」通常都是以鋼筋水泥建造的電梯大樓。

開口唸唸看

① **アイデア** a.i.de.a 想法	① **アイドル** a.i.do.ru 偶像	⑤ **アクション映画** （えいが） a.ku.sho.n.e.i.ga 動作電影	① **アニメ** a.ni.me 動畫
② **アパート** a.pā.to 公寓	⓪ **アメリカ** a.me.ri.ka 美國	② **アレルギー** a.re.ru.gī 過敏	⓪ **アルコール** a.ru.kō.ru 酒精

會話現學現説

◆ 何（なに）か**アレルギー**はありますか。 請問有沒有什麼過敏？
na ni ka a re ru gī wa a ri ma su ka

◆ 何（なに）かいい**アイデア**がある？ 有沒有什麼好主意呢？
na ni ka ī a i de a ga a ru

◆ 彼女（かのじょ）は人気（にんき）**アイドル**だよ。 她是人氣偶像喔！
ka no jo wa ni n ki a i do ru da yo

◆ **アルコール**飲料（いんりょう）のメニュー、ください。
a ru kō ru in ryō no me nyū ku da sa i
請給我酒精類飲料的菜單。

何かアレルギー
はありますか。

イ

[i]

⑤ **インターネット**
i.n.tā.ne.tto

網路

聯想
小訣竅

「イ」唸作「伊」，是取「伊」字左半部的人字邊而來，是不是很容易記呢？

字源記憶

片假名「イ」字是由中國字「伊」演變而來的，因此字形和發音都很接近「伊」的左半部。

伊 → イ → イ

動手寫寫看

初學者 POINT

泡麵的說法有以下幾種：「インスタントラーメン」、「即席麵」、「カップ麵」等……。「カップ麵」則是特別指用杯裝的速食麵。

インスタントラーメン	即席麵 そくせきめん	カップ麵 めん
i.n.su.ta.n.to.rā.me.n	so.ku.se.ki.me.n	ka.ppu.me.n
泡麵	泡麵	杯麵

開口唸唸看

⑦ インスタントラーメン	① インク	① インド	② イメージ
i.n.su.ta.n.to.rā.me.n	i.n.ku	i.n.do	i.me.i.ji
泡麵	墨水	印度	形象
④ インドネシア	⓪ イベント	② イヤホン	⓪ イラスト
i.n.do.ne.shi.a	i.be.n.to	i.ya.ho.n	i.ra.su.to
印尼	活動	耳機	插畫

會話現學現說

◆ **イヤホンをつける。** 戴耳機。
　 i ya ho n wo tsu ke ru

◆ **この本には、イラストがたくさんある。** 這本書有很多插畫。
ほん
ko no ho n ni wa 　 i ra su to ga ta ku sa n a ru

◆ **髪型を変えると、イメージも変わるね。**
かみがた　か　　　　　　　　　　　　か
ka mi ga ta wo ka e ru to 　 i me ī ji mo ka wa ru ne
髮型一改變，看起來不一樣了呢！

◆ **インスタントラーメンは便利だ。**
べんり
i n su ta n to rā me n wa be n ri da
泡麵很方便。

イヤホンをつける。

ウ

[u]

② **ウイスキー**
u.i.su.kī

威士忌

聯想小訣竅　「ウ」的發音是「ㄨ」，是從「宇」字簡化演變而來，但發音已和字源相去甚遠，「ウ」看起來像不像房屋的「屋」頂呢？還有著煙囪喔！

字源記憶

片假名「ウ」字是由中國字「宇」字演變而來的喔！

宇　→　　→　ウ

動手寫寫看

初學者
POINT

這個字來自於中國字的「宇」，但除了字形有一點像之外，並無法從字源聯想發音，建議把它想做「屋」頂上有根煙囪，就比較容易記囉！

開口唸唸看 👄

⓪ ウエスト u.e.su.to 腰部	① ウイルス u.i.ru.su 病毒	⓪ ウエーター u.ē.tā 男服務生	① ウエートレス u.ē.to.re.su 女服務員
① ウェブ we.bu 網絡	③ ウーロン茶^{ちゃ} ū.ro.n.cha 烏龍茶	① ウール ū.ru 羊毛	① ハウス ha.u.su 房子

會話現學現説

◆ ウエーターさん、注文お願いします。　服務生，我要點餐。
　u ē tā sa n　chū mo n o ne ga i shi ma su

◆ 彼はウールのセーターを着ています。　他穿著羊毛的毛衣。
　ka re wa　ū ru no　sē tā wo ki te i ma su

◆ ウーロン茶と紅茶と、どちらがいいですか。
　ū ro n cha to kō cha to　do chi ra ga　ī de su ka
　烏龍茶和紅茶，你要哪個？

◆ A：ウエストは何センチですか。　腰部幾公分呢？
　　u e su to wa na n se n chi de su ka

◆ B：六十三センチです。
　　ro ku jū sa n se n chi de su
　　63公分。

ウーロン茶と紅茶と、
どちらがいいですか。

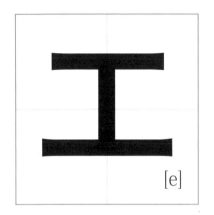

[e]

◎ エアコン
e.a.ko.n
空調

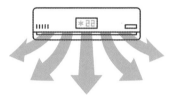

聯想小訣竅 「エ」的發音是 [A]，是從「江」字簡化而來的。【記憶口訣：矮個兒修燈泡，桌子當成「A」字梯，依然修不到！】

字源記憶

片假名「エ」字是由中國字「江」字演變而來的喔！

「A」字梯

江 → エ → エ

動手寫看看

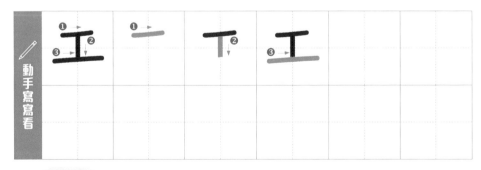

初學者 POINT

不論是搭乘什麼交通工具，或是電梯、手扶梯都是使用助詞「に」＋動詞「乗る」，變成「～に乗る」，例如：

バスに乗る	タクシーに乗る	エレベーターに乗る
ba.su.ni.no.ru	ta.ku.shī.ni.no.ru	e.re.bē.tā.ni.no.ru
搭巴士	搭計程車	搭電梯

開口唸唸看

① エース	④ エスカレーター	③ エレベーター	① エッセー
ē.su	e.su.ka.rē.tā	e.re.bē.tā	e.ssē
王牌	手扶梯	電梯	隨筆；短論文
① エラー	① エンジン	③ エンジニア	③ エベレスト
e.rā	e.n.ji.n	e.n.ji.ni.a	e.be.re.su.to
錯誤	引擎	工程師	聖母峰

會話現學現説

◆ 小林さんはチームのエースです。 小林是團隊的王牌。
ko.ba.ya.shi.sa.n wa chī.mu.no ē.su.de.su

◆ わたしはエスカレーターに乗ります。 我搭手扶梯。
wa.ta.shi.wa e.su.ka.rē.tā ni.no.ri.ma.su

◆ エレベーターはあちらです。 電梯在那邊。
e.re.bē.tā wa.a.chi.ra.de.su

◆ エベレストは世界で一番高い山です。
e.be.re.su.to wa se.ka.i.de.i.chi.ba.n.ta.ka.i ya.ma.de.su
聖母峰是世界最高峰。

小林さんはチームのエースです。

オ

[o]

③ **オムライス**
o.mu.ra.i.su

蛋包飯

**聯想
小訣竅**

「オ」唸作「こ」，字形和人才的「才」一樣，記憶口訣是
看到一邊踩著球，一邊拋接各種球類的小丑，忍不住讚嘆：
「【噢】！真有才！」

字源記憶

「噢」！
真有才～

片假名「オ」字是由中國字「於」演變而來的！

於 → **方** → オ

動手寫寫看

オ 　一 　才 　オ

初學者 POINT

「オーストラリア」和「オーストリア」只差一個音，要留意不要搞混囉！

オーストラリア
ō.su.to.ra.ri.a
澳洲

オーストリア
ō.su.to.ri.a
奧地利

開口唸唸看

⑤ **オーストラリア**
ō.su.to.ra.ri.a
澳洲

④ **オーストリア**
ō.su.to.ri.a
奧地利

⑤ **オリーブオイル**
o.rī.bu.o.i.ru
橄欖油

① **オイル**
o.i.ru
油

① **オフィス**
o.fi.su
辦公室

③ **オンライン**
o.n.ra.i.n
線上

⑥ **オンラインショッピング**
o.n.ra.in.sho.ppi.n.gu
線上購物

② **オレンジ**
o.re.n.ji
柑橘類

會話現學現說

◆ 好きな色はオレンジ色だ。　喜歡的顏色是橘色。
su ki na iro wa o re n ji iro da

◆ オーストラリアへ行ったことがある？　有去過澳洲嗎？
ō　su to ra ri a e i tta　ko to ga　a ru

◆ 弟はオンラインゲームをしている。　弟弟正在玩線上遊戲。
otō to wa o n ra i n gē mu wo shi te i ru

◆ わたしはオムライスが好きだ。
wa ta shi wa o mu ra i su ga su ki da
我喜歡蛋包飯。

弟はオンラインゲームをしている。

カ

[ka]

① カップ
ka.ppu
杯子

聯想小訣竅 「カ」的發音是 [ka]，聯想方式是兩根豆苗，搶著從同一個洞裏冒出頭：【卡】！

字源記憶

片假名「カ」字是由中國字「加」演變而來的喔！

加 → カ → カ

動手寫寫看

初學者 POINT

「コップ」、「カップ」都是杯子的意思，只是前者亦是杯子的總稱，或是用來稱沒有耳朵的杯子，而「カップ」則是指有耳朵的杯子。

コップ	カップ
ko.ppu	ka.ppu
杯子	杯子
（沒有耳朵）	（有耳朵）

開口唸唸看

⓪ **カレー**	① **カード**	③ **カップ麵**（めん）	⓪ **カラオケ**
ka.rē	kā.do	ka.ppu.me.n	ka.ra.o.ke
咖哩	卡片；信用卡	杯麵	卡拉 OK
⓪ **カツ丼**（どん）	① **カップル**	① **カフェ**	① **カメラ**
ka.tsu.do.n	ka.ppu.ru	ka.fe	ka.me.ra
豬排丼	情侶	咖啡店	相機

會話現學現說

◆ **カレーライス、一（ひと）つください。** 請給我一份咖哩飯。
ka rē ra i su hi to tsu ku da sa i

◆ **家（いえ）の近（ちか）くに新（あたら）しいカフェができました。**
ie no chi ka ku ni atara shī ka fe ga de ki ma shi ta
家裡附近開了一家新的咖啡館。

◆ **こんばん、カラオケに行きませんか。** 晚上要一起去卡拉 ok 嗎？
ko n ba n ka ra o ke ni i ki ma se n ka

◆ **カードで払（はら）ってもいいですか。**
kā do de ha ra tte mo ī de su ka
可以用信用卡付款嗎？

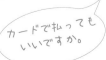

[ki]

① キー
　　ki
　鑰匙

聯想
小訣竅

「キ」的發音是 [ki]，聯想方式是像一棟正在蓋的大樓，卻【「起 [ki]」厝起尬歪歪（台語）】（蓋房蓋得歪歪）。

字源記憶

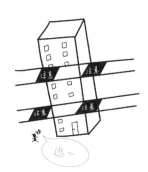

逃～

片假名「キ」字是由中國字「幾」演變而來的喔！

幾 →  → キ

動手寫寫看

❶→❸↓ キ ❶→ー ❷→ニ ❸↓キ

136

初學者
POINT

「キーホルダー」這個字是屬於「和製英語」，也就是日本人自己創造的英文，在英語國家並不通用喔！

キーホルダー
kī.ho.ru.dā

鑰匙圈

開口唸唸看

① **キス**
ki.su

親吻

① **キムチ**
ki.mu.chi

泡菜

① **キッチン**
ki.cchi.n

廚房

① **キウイ**
ki.u.i

奇異果

① **キッズ**
ki.zzu

小孩子們

⓪ **キツネ**
ki.tsu.ne

狐狸

③ **キーホルダー**
kī.ho.ru.dā

鑰匙圈

③ **キーワード**
kī.wā.do

關鍵字

會話現學現説

◆ **キッチンペーパーを買ってきて！** 買廚房紙巾回來！
ki cchi n pē pā wo ka tte ki te

◆ **キスしてもいい？** 我可以吻你嗎？
ki su shi te mo ī

◆ **キーワードで調べてください。** 請用關鍵字查看看。
kī wā do de shi ra be te ku da sa i

◆ **韓国人は毎日キムチを食べるの？**
ka n ko ku ji n wa ma i ni chi ki mu chi wo ta be ru no

韓國人每天吃泡菜嗎？

キスしてもいい？

[ku]

② **クレヨン**
ku.re.yo.n
蠟筆

聯想小訣竅「ク」的發音是 [ku]，字源是由「久」簡化而來，音似「久」的台語「ㄍㄨˋ」，聯想方式是【回家繞遠路走很久，想「哭」】。

字源記憶

片假名「ク」字是由中國字「久」字演變而來的喔！

好久喔～哭！

久 → **ク** → ク

常見錯誤寫法

				藍圈的部位要平平的，不能歪斜喔！	✕
動手寫寫看	❶❷ ク	❶ ╲	❷ ク		ク

<table>
<tr><td>初學者
POINT</td><td>「クリーム」除了指鮮奶油外，也可以用在「霜狀物品」，如護手霜、面霜等。亦可用來形容顏色，如：「クリーム色」。</td><td>**クリーム**
ku.ri.mu
鮮奶油、霜狀物品</td><td>**クリーム色**
いろ
ku.ri.mu.i.ro
奶油色</td></tr>
</table>

開口唸唸看

③ **クリスマス** ku.ri.su.ma.su 聖誕節	② **クリーム** ku.ri.mu 奶油	① **クラス** ku.ra.su 班級	② **クレンジングオイル** ku.re.n.ji.n.gu.o.i.ru 卸妝油
② **クリック** ku.ri.kku 點擊	① **クッキー** ku.kki 餅乾	② **クリア** ku.ri.a 過關	② **クラシック** ku.ra.shi.kku 古典的

會話現學現說

◆ このボタンをクリックしてください。　請按這個按鈕。
ko no bo ta n wo ku ri kku shi te ku da sai

◆ けさ、クッキーを作った。　今早做了餅乾。
ke sa　ku kki wo tsu ku tta

◆ クレンジングオイルでメークを落とす。
ku re n ji n gu o i ru de me ku wo o to su
用卸妝油卸妝。

◆ クラシック音楽が一番好きだ。
ku ra shi kku on ga ku ga i chi ba n su ki da
最喜歡古典樂。

このボタンをクリックしてください。

[ke]

① ケーキ
kē.ki
蛋糕

聯想
小訣竅

「ケ」的發音像「K」，外形就像【歪掉的 K】。

字源記憶

片假名「ケ」字是由中國字「介」字演變而來的喔！

K 歪了～

介 →  → ケ

動手寫寫看

140

初學者 POINT	「チケット」是指票券，和「切符」意思大致相同，而「切符」也有罰單的意思喔！	**チケット** chi.ke.tto 票券	**切符** きっぷ ki.ppu 票券、罰單

開口唸唸看

⓪ **ケーブル** kē.bu.ru 電纜	② **チケット** chi.ke.tto 票券	④ **ケーキ屋**^や kē.ki.ya 蛋糕店	⑤ **ケーブルテレビ** kē.bu.ru.te.re.bi 有線電視
① **ケース** kē.su 箱子；事件	① **ケア** ke.a 照料	② **ロケット** ro.ke.tto 火箭	② **ケチャップ** ke.cha.ppu 番茄醬

會話現學現說

◆ **オーケー！** 沒問題！
ō　 kē

◆ **オムライスにケチャップをかける 。** 蛋包飯上淋上番茄醬。
o mu ra i su ni ke cha ppu wo ka ke ru

◆ **ケーキを焼く 。** 烤蛋糕。
kē　ki wo ya ku

◆ **チケット、二枚ください 。** 請給我兩張票。
chi ke　tto　　 ni ma i ku da sa i

オーケー！

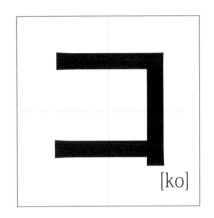

[ko]

③ **コーヒー**
kō.hī
咖啡

聯想小訣竅

「コ」的發音像「摳摳」的「摳」，「コ」是不是長得像口袋破個口呢？記憶口訣就是【口袋破個口，「摳」摳全飛走】。

字源記憶

片假名「コ」字是由中國字「己」字演變而來的喔！

我摔～

己 → **コ** → コ

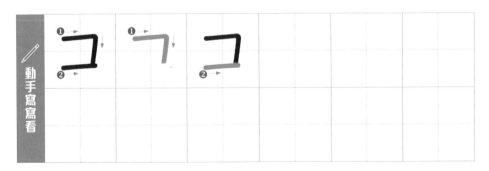

動手寫寫看

142

「コーヒーショップ」、「喫茶店」、「カフェ」都是咖啡廳的說法，通常是有販賣飲品、小餐點的小型餐廳。

コーヒーショップ	喫茶店 きっ さ てん	カフェ
kō.hī.sho.ppu	ki.ssa.te.n	ka.fe
咖啡廳	咖啡廳	咖啡廳

開口唸唸看

① コアラ	② ココア	① コース	⑤ コーヒー豆 まめ
ko.a.ra	ko.ko.a	kō.su	kō.hī.ma.me
無尾熊	可可亞	按順序出菜的套餐	咖啡豆

① コーン	① コミック	① コピー	② コロッケ
kō.n	ko.mi.kku	ko.pī	ko.ro.kke
玉米	漫畫	影印	可樂餅

會話現學現說

◆ コーヒー、飲まない？ 喝杯咖啡嗎？
　　kō　　hī　　　no ma na i

◆ コロッケを揚げる。 炸可樂餅。
　ko ro kke wo a ge ru

◆ コース料理のメニューを見せてください。
　kō su ryō ri no me nyū wo mi se te ku da sa i
請讓我看一下套餐的菜單。

◆ この資料、コピーしてください。 請影印一下這份資料。
　ko no shi ryō　　ko pī　shi te ku da sa i

この資料、コピーしてください。

[sa]

① **サラダ**
sa.ra.da
生菜沙拉

**聯想
小訣竅**

「サ」的發音是「ㄙㄚ」，字源是「散」，音似「撒」，字形則是「撒」字中間部分的草字頭，以【殺人釘子「撒」滿地】口訣來記憶喔！

字源記憶

片假名「サ」字是由中國字「散」字演變而來的喔！因此發音也很相近。

散 → **サ** → サ

動手寫看看

144

初學者 POINT	「サラリーマン」屬於和製英語（salary+man），指領薪水的男性上班族，女性則稱為「OL」（office lady）。	サラリーマン sa.ra.rī.ma.n 男性上班族	OL ō.e.ru 女性上班族

開口唸唸看

① サーモン sā.mo.n 鮭魚	① サービス sā.bi.su 服務	⑤ サービスセンター sā.bi.su.se.n.tā 服務中心	① サイズ sa.i.zu 尺寸
① サッカー sa.kkā 足球	① サワー sa.wā 沙瓦	③ サラリーマン sa.ra.rī.ma.n 上班族	⓪ サボテン sa.bo.te.n 仙人掌

會話現學現説

◆ あの店はサービスが悪い。　那間店的服務不好。
　あ の みせ わ　　sā　bi su ga waru i

◆ 主人はサラリーマンだ。　我老公是上班族。
　しゅ じん わ sa ra　rī　ma n da

◆ サイズが合わない。　尺寸不符。
　sā　i zu ga a wa na i

◆ すみません、サービスセンターはどこですか。
　su mi ma se n　　　sā　bi su se n　tā　wa dō ko de su ka
　不好意思，請問服務中心在哪？

すみません、サービスセンターはどこですか。

[shi]

① **シーソー**
sī.sō
蹺蹺板

聯想小訣竅 「シ」的發音是「吸」，聯想方式就像一個強力吸塵器【「吸」走三點水】！

字源記憶

片假名「シ」字是由中國字「之」字演變而來的喔！

吸！

之 → シ → シ

動手寫看看

常見的房型有「ダブル」、「ツイン」、「シングル」，有些飯店也有「セミダブル」，是指比「ダブル」小一些的床。

初學者 POINT

ダブル	ツイン	シングル	セミダブル
da.bu.ru	tsu.i.n	shi.n.gu.ru	se.mi.da.bu.ru
雙人房	雙人房	單人房	一張床
（一張大床）	（兩張單人床）	（一張單人床）	（比ダブル小）

開口唸唸看

① システム	① シナモン	⑤ シングルルーム	① シート
shi.su.te.mu	shi.na.mo.n	shi.n.gu.ru.rū.mu	shī.to
系統	肉桂	單人房	座位

④ シートベルト	① シーズン	③ シーフード	② シリーズ
shī.to.be.ru.to	shī.zu.n	shī.fu.do	shi.rī.zu
安全帶	季節	海鮮	系列

會話現學現說

◆ シングルルーム、一つ予約したいです。
shi n gu ru rū mu　hi to tsu yo ya ku shi ta i　de su
想預約單人房一間。

◆ シートベルトを締めてください。　請繫好安全帶。
shī to be ru to wo shi me te ku da sa i

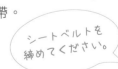
シートベルトを締めてください。

◆ 公園には滑り台とシーソーがあります。
kō e n ni wa su be ri da i to　shī　sō　ga a ri ma su
公園裡有溜滑梯和蹺蹺板。

◆ これからはピークシーズンです。　接下來是旺季。
ko re ka ra wa　pī ku shī　zu n de su

ス
[su]

② **スカート**
su.kā.to
裙子

斯～

字源記憶

片假名「ス」字是由中國字「須」字演變而來的喔！

須 →  → ス

動手寫看

ス	フ	ス			

注意！發音是接近「斯」，不是「蘇」喔！

開口唸唸看

① スーパー sū.pā 超市	② スキー su.kī 滑雪	② スポーツ su.pō.tsu 運動	② ステーキ su.tē.ki 牛排
⓪ ストーカー su.tō.kā 跟蹤狂	② ストーブ su.tō.bu 料理用火爐（暖爐）	② スペイン su.pe.i.n 西班牙	② ストロー su.to.rō 吸管

會話現學現説

◆ スイッチを入_いれてください 。　請打開開關。
　su　i　cchi wo　i　re te ku da sa i

◆ スーパーで 食_{しょくざい}材を買_かう 。　在超市購買食材。
　sū　　pā　de sho ku za i wo ka u

◆ スキーをしている 。　正在滑雪。
　su　kī　wo shi te　i　ru

◆ スペイン語_ごができる 。　會西班牙語。
　su pe　i　n go ga de ki ru

スイッチを入れて
ください。

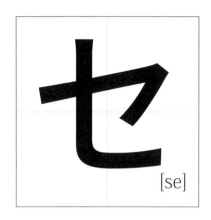

[se]

① セーター
se.tā
毛衣

聯想小訣竅　「セ」的發音是 [se]，字的外形就像節省地用手接著僅剩的幾滴水。【記憶口訣：<u>s</u>aving】

字源記憶

Saving！

片假名「セ」字是由中國字「世」字演變而來的喔！因此字形和台語發音都和「世」很相近。

世 → セ → セ

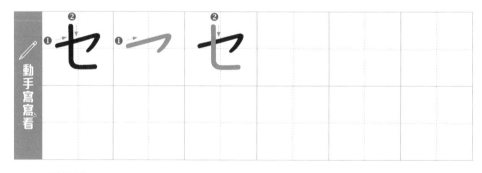

セ　ㄅ　セ

動手寫寫看

初學者 POINT

「～が苦手だ」是指不擅長，前面要放不擅長的事物，比方說：

数学が苦手だ
すうがく　にがて
su.ga.ku.ga.ni.ga.te.da
不擅長數學

料理が苦手だ
りょうり　にがて
ryō.ri.ga.ni.ga.te.da
不擅長料理

開口唸唸看

① セレブ	② セキュリティー	① セクシー (な)	⓪ セクハラ
se.re.bu	se.kyu.ri.tī	se.ku.shī.na	se.ku.ha.ra
有名的人	安全	性感的(な形容詞)	性騷擾
③ セロテープ	① セロリ	① センス	① センター
se.ro.tē.pu	se.ro.ri	se.n.su	se.n.tā
透明膠帶	西洋芹	品味；感覺	中心

會話現學現說

◆ 彼はセンスのいい男だ。　他是一個對時髦敏感的男人。
かれ　　　　　　　　おとこ
ka re wa se n su no i o to ko da

◆ 彼はセクシーな女性が好きだ。　他喜歡性感的女性。
かれ　　　　　　じょせい　す
ka re wa se ku shī na jo sei ga su ki da

◆ セクハラは犯罪だ。　性騷擾是犯罪。
　　　　　はんざい
se ku ha ra wa han zai da

◆ セロリが苦手だ。　我不喜歡西洋芹。
　　　にがて
se ro ri ga ni ga te da

彼はセンスのいい男だ。

ソ

[so]

① ソース
sō.su
醬料

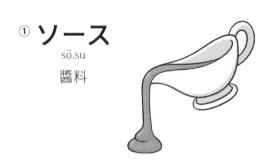

「ソ」的發音是 [so]，來自中國字「曾」的草書上半部，發音聯想方式則是以「味噌」的台語【mi.「so」】來做聯想。日語的「味噌」發音就是普遍都知道的【mi.so】喔！

字源記憶

mi　　　so

片假名「ソ」字是由中國字「曾」字演變而來的喔！因此發音很相近。

曾 → ／ → ソ

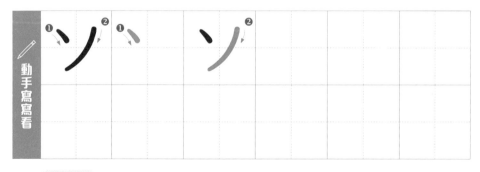

「ソフトドリンク」一般是指碳酸飲料、果汁、礦泉水等。和其相對的是「アルコール」，指酒精性飲料。

ソフトドリンク	アルコール
so.fu.to.do.ri.n.ku	a.ru.kō.ru
軟性飲料（不含酒精）	酒精性飲料

開口唸唸看

⓪ ソムリエ	⑤ ソフトウェア	④ ソフトドリンク	① ソーダ
so.mu.ri.e	so.fu.to.we.a	so.fu.to.do.ri.n.ku	sō.da
侍酒師	軟體	軟性飲料（不含酒精）	蘇打水
① ソープ	③ ソーセージ	⑤ ソフトクリーム	① ソファー
sō.pu	sō.sē.ji	so.fu.to.ku.rī.mu	so.fā
肥皂	香腸	霜淇淋	沙發

會話現學現說

◆ わたし、ソムリエになりたい。　我想成為侍酒師。
　 wa ta shi　so mu ri e ni na ri ta i

◆ ドイツでは、よくソーセージを食べる。　在德國，常常吃香腸。
　 do i tsu de wa　yo ku sō　sē　ji wo ta be ru

◆ 夏はやっぱりソフトクリーム！　夏天果然還是霜淇淋最好！
　 natsu wa ya ppa ri so fu to ku　rī　mu

◆ ソフトドリンクのメニューをください。
　 so fu to do ri n ku no me　nyū　wo ku da sa i
請給我軟性飲料的菜單。

ドイツでは、
よくソーセージを
食べる。

[ta]

① **タクシー**
ta.ku.shī
計程車

聯想小訣竅 「タ」的發音近「塌」，字形則像【「塌」陷】的路面喔！

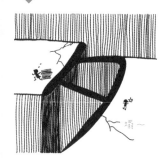

字源記憶

片假名「タ」字是由中國字「多」字演變而來的喔！

多 → タ → タ

動手寫看看

「タレント」和「芸能人」有什麼不一樣呢？「タレント」原是來自於英文「talent」，是指聰明有天份的意思，但在現今日本泛指以參與電視台、各種媒體或活動領取演出費的人，比方說：上通告的前運動員之類的。而「芸能人」通常會有一個特定的表演領域專長，比方說：演員、歌手等。

初學者 POINT

タレント
ta.re.n.to
藝人

げいのうじん
芸能人
ge.i.nō.ji.n
藝人

開口唸唸看

① タイ ta.i 泰國	⓪ タイヤ ta.i.ya 輪胎	① タオル ta.o.ru 毛巾	⓪ タレント ta.re.n.to 藝人
① タワー ta.wā 塔	① タイプ ta.i.pu 類型	② タブー ta.bū 禁忌	④ ダウンロード da.u.n.rō.do 下載

會話現學現說

◆ どんな**タイプ**の**女性**が**好**きですか？　喜歡什麼類型的女性呢？
don na ta i pu no jo sei ga su ki de su ka

◆ **タクシー**を**呼**んでください。　請幫忙叫計程車。
ta ku shī wo yo n de ku da sa i

◆ **東京 タワー**は**何メートル**ですか。　東京鐵塔是幾公尺高呢？
tō kyō ta wā wa na n mē to ru de su ka

◆ **タオル**をもう**一枚持**って**来**てください。
ta o ru wo mō i chi ma i mo tte ki te ku da sa i
請再送一條毛巾來。

タクシーを呼んでください。

[chi]

① **チーズ**
chi.zu
起司

聯想小訣竅
「チ」的發音像數字「7」，字形像隻首領鳥，領著六隻小嘍囉，站在電線桿上。【聯想方式：「七」隻鳥站在電線竿上】

「七」隻有點瘠！

字源記憶

片假名「チ」字是由中國字「千」字演變而來的喔！因此字形和發音都很相近。

千 → **チ** → チ

動手寫寫看

❶ チ ❷ ❸	❶ ヽ	❶ ❷ ニ	❸ チ	常見錯誤寫法 太直了！應該要有弧度才對！ ✕ チ

<table>
<tr><td rowspan="2">初學者
POINT</td><td>「チラシ」和「パンフレット」的差異是，「チラシ」只有單張，而「パンフレット」是裝訂成一本小冊子。</td><td>チラシ
chi.ra.shi
傳單</td><td>パンフレット
pa.n.fu.re.tto
小冊子</td></tr>
</table>

開口唸唸看

② チキン chi.ki.n 雞	⓪ チラシ chi.ra.shi 傳單	② チケット chi.ke.tto 票	③ チリソース chi.ri.sō.su 辣椒醬
① チーム chī.mu 團體	① チップ chi.ppu 小費	③ チンパンジー chi.n.pa.n.jī 黑猩猩	③ チアガール chi.a.gā.ru 啦啦隊

會話現學現說

◆ チームワークが大切です。　團隊精神很重要。
chī mu wā ku ga ta i se tsu de su

◆ 駅前でチラシをもらいました。　車站前拿到傳單。
e ki ma e de chi ra shi wo mo ra i ma shi ta

◆ チッケトの料金はいくらですか？　票價多少呢？
chi kke to no ryō ki n wa i ku ra de su ka

◆ この国ではチップをあげなくてもいいですか。
ko no ku ni de wa chi ppu wo a ge na ku te mo ī de su ka
在這個國家，不給小費可以嗎？

チームワークが大切です。

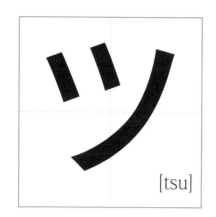

[tsu]

① ツアー
tsu.ā

團體旅行

聯想小訣竅 「ツ」的發音接近瑕疵的「疵」，是由中國字的「川」演變而來，發音則可用【河川分「支」】來聯想喔！

字源記憶

片假名「ツ」字是由中國字「川」字演變而來的喔！

川 → ツ → ツ

動手寫寫看

<table>
<tr>
<td>初學者
POINT</td>
<td>「ツアー旅行」指的是事先由旅行社規劃好行程的旅行，和其相對的是「個人旅行」。</td>
<td>ツアー<ruby>旅行<rt>りょこう</rt></ruby>
tsu.ā.ryo.kō
團體旅行</td>
<td><ruby>個人旅行<rt>こ じんりょこう</rt></ruby>
ko.ji.n.ryo.kō
個人旅行</td>
</tr>
</table>

開口唸唸看

① ツナ tsu.na 鮪魚	④ ツインルーム tsu.i.n.rū.mu （兩張床的）雙人房	④ ツイッター tsu.i.ttā 推特（Twitter）	② ツリー tsu.rī 樹木
① シーツ shī.tsu 床單	③ ツーショット tsū.sho.tto 雙人合照	⓪ ツバメ tsu.ba.me 燕子	⓪ バケツ ba.ke.tsu 水桶

會話現學現說

◆ <ruby>日帰<rt>ひ がえ</rt></ruby>りツアーがいい。　當天來回的旅行比較好。
hi ga e ri tsu ā ga i

◆ ツナのサンドイッチは<ruby>美味<rt>おい</rt></ruby>しい。　鮪魚三明治很好吃。
tsu na no sa n do i cchi wa o i shī

◆ クリスマスツリーはきれいだ。　聖誕樹很漂亮。
ku ri su ma su tsu rī wa ki re i da

◆ シーツを<ruby>替<rt>か</rt></ruby>えてください。　請幫我換床單。
shī tsu wo ka e te ku da sa i

クリスマスツリーはきれいだ。

テ

[te]

① テニス
te.ni.su
網球

「テ」的發音是 [te]，接近台語的「拿」（ㄊㄟˇ），字形像用一隻手端著疊了兩層裝水杯子的托盤，所以發音以【「拿」抹凍（拿不動）】的台語「ㄊㄟˇ」來記憶！

字源記憶

「ㄊㄟˇ」抹凍！

片假名「テ」字是由中國字「天」字演變而來的喔！因此發音很相近。

天 → テ → テ

常見錯誤寫法

動手寫寫看	❶ ❷ テ ❸	❶ テ	❷ 二 ❸ テ	太直了！應該要有向左彎的弧度才對！	✕ テ

160

除了「テラス席」之外，還有「カウンター席」、「窓側席」、「禁煙席」、「喫煙席」，都是常用的座位說法喔！

初學者 POINT

テラス席	カウンター席	窓側席	禁煙席	喫煙席
せき	せき	まどがわせき	きんえんせき	きつえんせき
te.ra.su.se.ki	ka.u.n.tā.se.ki	ma.do.ga.wa.se.ki	ki.n.e.n.se.ki	ki.tsu.e.n.se.ki
露台座	吧台座	窗邊座	禁菸座	吸菸座

開口唸唸看

① テラス te.ra.su 露台	④ テレビ電話 でんわ te.re.bi.de.n.wa 視訊	③ テロリスト te.ro.ri.su.to 恐怖份子	① テープ tē.pu 膠帶
① テーマ tē.ma 主題	④ テーマパーク tē.ma.pā.ku 主題樂園	① テレビ te.re.bi 電視	② テキスト te.ki.su.to 教科書

會話現學現說

◆ テレビ電話で家族と連絡します。
でんわ　　かぞく　れんらく
te re bi den wa de ka zo ku to re n ra ku shi ma su

用視訊和家人聯絡。

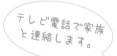

テレビ電話で家族と連絡します。

◆ テレビが壊れました。　電視壞了。
こわ
te re bi ga ko wa re ma shi ta

◆ テラス席がありますか。　有露台的位置嗎？
せき
te ra su se ki ga a ri ma su ka

◆ ディズニーランドには複数のテーマパークがあります。
ふくすう
di zu nī ra n do ni wa fu ku sū no tē ma pā ku ga a ri ma su

迪士尼樂園裡有數個主題樂園。

ト
[to]

① トイレ
to.i.re
廁所

字源記憶

片假名「ト」字是由中國字「止」字演變而來的喔！

止 → ト → ト

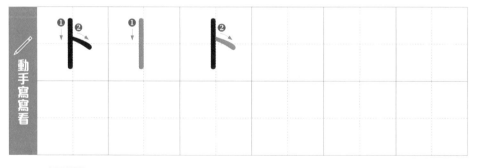

動手寫寫看

初學者 POINT

「お手洗い」和「トイレ」一樣，也是指廁所，「お風呂」則是指浴室。

トイレ	お手洗い	お風呂
to.i.re	o.te.a.ra.i	o.fu.ro
廁所	廁所	浴室

開口唸唸看

⓪ トンネル	① トースト	① トースター	② トレーニング
to.n.ne.ru	tō.su.to	tō.su.tā	to.rē.ni.n.gu
隧道	吐司	烤麵包機	訓練

② トラック	⓪ トッピング	② トラブル	⑥ トイレットペーパー
to.ra.kku	to.ppi.n.gu	to.ra.bu.ru	to.i.re.tto.pē.pā
卡車	配料	麻煩	衛生紙

會話現學現説

◆ すみません、トイレはどこですか。　不好意思，廁所在哪？
su mi ma se n　　to i re wa do ko de su ka

◆ これからトンネルに入ります。　接下來要進入隧道了。
ko re ka ra to n ne ru ni hai ri ma su

◆ トラブルが起きた。　發生問題了。
to ra bu ru ga o ki ta

すみません、トイレはどこですか。

◆ A:ピザのトッピング、何にしよう？　披薩的配料要放什麼好呢？
pi za no to ppi n gu　nani ni shi yō

B:じゃ、ピーマン、玉ねぎとベーコンにしよう！
ja　pī ma n　tama ne gi to bē ko n ni shi yō
那麼，來放青椒、洋蔥和培根好了！

ナ

[na]

① ナイフ
na.i.fu
刀子

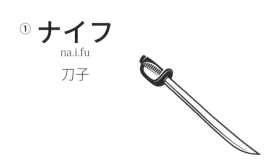

聯想小訣竅 「ナ」的發音是 [na]，字源是「奈」，而片假名的「ナ」就是「奈」簡化演變來的。「奈良」的發音是 [na.ra]，因此請記得「奈」發作「na」喔！

字源記憶

na   ra

片假名「ナ」字是由中國字「奈」字演變而來的喔！因此發音很相近。

奈 → ナ → ナ

動手寫看看

初學者 POINT	「ナイフ」指所有種類的刀子，包含美工刀、餐刀等。「カッター」則通常是指裁紙用的美工刀，屬於「ナイフ」的一種。	**ナイフ** na.i.fu 刀子（總稱）	**カッター** ka.ttā 美工刀

開口唸唸看

① **ナプキン** na.pu.ki.n 餐巾；衛生棉	② **ナレーター** na.rē.tā 旁白	① **ナンバー** na.n.bā 號碼（車牌號碼）	⓪ **カーナビ** kā.na.bi 車用導航
① **ナッツ** na.ttsu 堅果類	② **クリーナー** ku.rī.nā 吸塵器	④ **チキンナゲット** chi.ki.n.na.ge.tto 小雞塊	⓪ **ナンパ** na.n.pa 搭訕

※「ナンパ」來自「軟派（なんぱ）」一詞，有時會以片假名標示

會話現學現說

◆ 道（みち）で**ナンパ**された 。 　在路上被搭訕了。
　michi de na n pa sa re ta

◆ **ナイフ**をください 。 　請給我刀子。
　na i fu wo ku da sa i

◆ ルーム**ナンバー**を教（おし）えてください 。
　rū mu na n bā wo oshi e te ku da sa i
　請告訴我房號。

◆ **ナッツ**アレルギーの人（ひと）が多（おお）いらしい 。
　na ttsu a re ru gī no hito ga ō i ra shī
　堅果類過敏的人好像很多。

道でナンパされた。

二

[ni]

① ニュース
nyū.su
新聞

抱抱！

字源記憶

片假名「二」字是由中國字「二」字演變而來的喔！

二 → 二 → 二

動手寫寫看

初學者 POINT	日文漢字「新聞」指的是「報紙」，「ニュース」才是我們平常說的「新聞」。	しんぶん **新聞** shi.n.bu.n 報紙	**ニュース** nyū.su 新聞

開口唸唸看

⓪ **ニート** nī.to 無職者	① **アニメ** a.ni.me 動畫	③ **ニューヨーク** nyū.yō.ku 紐約	④ **ニックネーム** ni.kku.nē.mu 暱稱
① **テニス** te.ni.su 網球	① **ニーズ** nī.zu 需求	② **ビキニ** bi.ki.ni 比基尼	④ **コミュニケーション** ko.myu.ni.kē.sho.n 溝通

會話現學現說

◆ **ニューヨークは物価が高い。** 紐約物價高。
nyū　　yō　ku wa bu kka ga ta ka i

◆ **ニックネームはある？** 你有暱稱嗎？
ni kku　nē　mu wa a ru

◆ **わたしはテニスが得意だ。** 我擅長打網球。
wa ta shi wa　te　ni su ga to ku i da

◆ **日本のアニメは世界で有名だ。**
ni ho n no　a　ni me wa se ka i de　yū me i da
日本的動畫是世界知名的。

ニューヨークは
物価が高い。

ヌ

[nu]

① ヌード
nū.do
裸體

聯想小訣竅 ヌ」的發音是 [nu]，字源是「奴」簡化而來的喔！發音也與「奴」接近喔！

字源記憶

片假名「ヌ」字是由中國字「奴」字演變而來的喔！因此發音很相近。

奴 →  → ヌ

常見錯誤寫法

動手寫寫看

ヌ	フ	ヌ	不是寫一個「又」，藍圈部分要有開口。	✗ 又

雖然外來語「ヌーン」表示「中午」的意思，但是日常生活中，依然以「昼」來表達「中午」居多。如：「昼ごはん」、「昼休み」。「昼」除了表示正午時段，也用於表達日落之前的白天時段，亦可用「昼間」來表達白天。

ヌーン	ひる 昼	ひる 昼ごはん	ひるやす 昼休み	ひる ま 昼間
nū.n	hi.ru	hi.ru.go.ha.n	hi.ru.ya.su.mi	hi.ru.ma
中午	中午	午餐	午休	白天

開口唸唸看

③ マドレーヌ	① アイヌ	① カヌー	① ヌードル
ma.do.rē.nu	a.i.nu	ka.nū	nū.do.ru
瑪德蓮蛋糕	愛奴	獨木舟	麵條

④ カップヌードル	① カンヌ	① ヌガー	① ヌーン
ka.ppu.nū.do.ru	ka.n.nu	nu.gā	nū.n
杯麵	坎城	牛軋糖	正午

會話現學現説

◆ **カヌーに乗る。** 搭乘獨木舟。
　　 ka　nū　ni no ru

カヌーに乗る。

◆ **カンヌ国際映画祭。** 坎城影展。
　　 ka　n　nu ko ku sai ei ga sai

◆ **このマドレーヌはおいしい！** 這個瑪德蓮蛋糕真好吃！
　　 ko no ma do　rē　nu wa o i　shī

◆ **ヌガーは有名なお土産です。** 牛軋糖是有名的伴手禮。
　　 nu　gā　wa yū　mē　na o　mi ya ge de su

[ne]

① ネクタイ
ne.ku.ta.i
領帶

聯想小訣竅

「ネ」的發音是 [ne]，近似「ㄋㄟ」，而它的字形像是直立式的晾衣架。發音則從「晾衣」的台語「ㄋㄟˇㄙㄚ」的「ㄋㄟˇ」來聯想喔！

字源記憶

片假名「ネ」字是由中國字「祢」字演變而來的喔！因此發音很相近。

祢 → ネ → ネ

動手寫寫看

ネ ラ ネ ネ

初學者
POINT

首飾類的東西，包含「ネックレス」、「指輪」、「イヤリング」這些東西，都算是「アクセサリー」的一種。

ネックレス
ne.kku.re.su
項鍊

指輪
ゆび わ
yu.bi.wa
戒指

イヤリング
i.ya.ri.n.gu
耳環

アクセサリー
a.ku.se.sa.rī
配件

開口唸唸看

① **ネット** ne.tto 網路	① **ネックレス** ne.kku.re.su 項鍊	① **ネジ** ne.ji 螺絲	⓪ **ネタバレ** ne.ta.ba.re 劇透
① **ネール** nē.ru 指甲	④ **ネイルアート** ne.i.ru.ā.to 指甲彩繪	① **パネル** pa.ne.ru 揭示板；面板	④ **電子マネー** でん し de.n.shi.ma.nē 電子錢包

會話現學現説

◆ **友達はネックレスをつけている 。** 朋友戴著項鍊。
ともだち
to mo da chi wa ne kku re su wo tsu ke te i ru

◆ **ネタバレしないでくれ！** 別劇透！
ne ta ba re shi na i de ku re

◆ **ネジをちゃんと締めてください 。** 請好好地上緊螺絲。
し
ne ji wo cha n to shi me te ku da sa i

◆ **電子マネーで払う 。** 用電子錢包支付。
でん し　　　　　はら
de n shi ma　nē de ha ra u

ネジをちゃんと
締めてください。

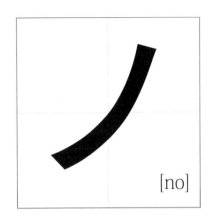

① ノート
nō.to
筆記本

**聯想
小訣竅**

「ノ」的發音是 [no]，字形像一個小女孩的長頭髮，發音則和【「No」cut！】做聯想。

字源記憶

片假名「ノ」字是由中國字「乃」字演變而來的喔！！

乃 → ノ → ノ

動手寫寫看

172

初學者 POINT

「ノート」和「手帳」的差異在於「ノート」通常是空白的，頂多畫上格線，而「手帳」則有預先印好日期，可以用來記錄行程。

ノート	手帳
nō.to	て ちょう te.chō
筆記本	筆記本

開口唸唸看

① **ノック**
no.kku
敲門

④ **ノートパソコン**
nō.to.pa.so.ko.n
筆記型電腦

③ **ノルウェー**
no.ru.wē
挪威

① **ノイズ**
no.i.zu
噪音

① **ノブ**
no.bu
門把

④ **ノーベル賞**
nō.be.ru.shō
諾貝爾獎

① **ノズル**
no.zu.ru
噴嘴

⓪ **ピアノ**
pi.a.no
鋼琴

會話現學現説

◈ 部屋に入る前に、ノックしてください。　進到房間前，請先敲門。
he ya ni hai ru mae ni　no kku shi te ku da sa i

◈ 新しいノートパソコンがほしい。　想要新的筆記型電腦。
a ta ra shī　nō　to pa so ko n ga ho shī

◈ 娘はピアノを弾くことができる。　女兒會彈鋼琴。
musu me wa pi a no wo hi ku ko to ga de ki ru

娘はピアノを弾く
ことができる。

◈ ノーベル賞の受賞式は十二月十日に開かれる。
nō be ru shō no ju shō shi ki wa jū ni ga tsu tō ka ni hira ka re ru
諾貝爾獎的頒獎儀式是在 12 月 10 日舉行。

[ha]

① ハム
ha.mu

火腿

聯想小訣竅 「ハ」的發音是 [ha]，外形與數字「八」類似。「八」的日文發音是 [ha.chi]，字形就像一個人用手摀著嘴打哈欠，因此，發音也可以用【「哈」欠連連】來聯想喔！

字源記憶

片假名「ハ」字是由中國字「八」字演變而來的喔！因此字形非常接近。

「哈」欠
連連～

八 → ハ → ハ

動手寫看

初學者 POINT	「ハンバーグ」、「ハンバーガー」是兩個很相近的單字。「ハンバーグ」是漢堡肉，而「ハンバーガー」才是漢堡喔！	ハンバーグ ha.n.bā.gu 漢堡肉	ハンバーガー ha.n.bā.gā 漢堡

開口唸唸看

① ハワイ ha.wa.i 夏威夷	① ハンガリー ha.n.ga.rī 匈牙利	③ ハンカチ ha.n.ka.chi 手帕	① ハンガー ha.n.gā 衣架
③ ハンバーグ ha.n.bā.gu 漢堡肉	③ ハンバーガー ha.n.bā.gā 漢堡	① ハーモニー hā.mo.nī 和聲	⓪ ハーモニカ hā.mo.ni.ka 口琴

會話現學現說

◆ 美 しいハーモニーですね。　真是美妙的和弦。
　 u tsu ku　shī　　hā　mo　nī　de su ne

◆ 服をハンガーにかけてください。　請將衣服掛在衣架上。
　 fu ku wo ha　n　 gā　ni ka ke te ku da sa i

◆ ハンカチ、毎日替える。　手帕每天替換。
　 ha　n ka chi　　mainichi ka e ru

◆ ハンバーガーを食べすぎると、太るよ。
　 ha　n　 bā　 gā　wo ta be su gi ru to　fu to ru yo
吃太多漢堡會胖喔！

服をハンガーにかけてください。

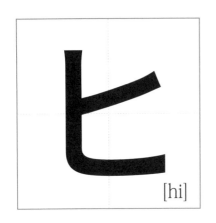

[hi]

① ヒーター
hī.tā
暖爐

 聯想
小訣竅
「ヒ」的發音是 [hi]，字形是中文字的「匕首」的「匕」，發音聯想方式則是【「ㄏㄧ」花的匕首（虛華的匕首）】。

字源記憶

「ㄏㄧ」花！

片假名「ヒ」字是由中國字「比」字演變而來的喔！因此字形很相近。

比 →  → ヒ

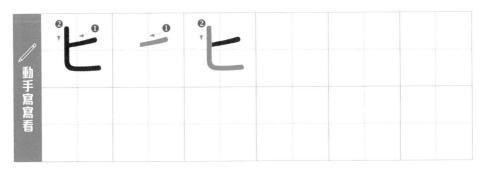

動手寫寫看

176

電影、電視劇的主角我們除了可以用「ヒーロー」（男主角）和「ヒロイン」（女主角）來說之外，也可以用「主役」或是「主人公」來稱呼喔！

ヒーロー	ヒロイン	しゅやく 主役	しゅじんこう 主人公
hi.rō	hi.ro.i.n	shu.ya.ku	shu.ji.n.kō
男主角	女主角	主角	主角

開口唸唸看

① ヒット hi.tto 暢銷	③ ヒステリー hi.su.te.rī 歇斯底里	① ヒント hi.n.to 暗示	① ヒーロー hi.rō 男主角；英雄
② ヒロイン hi.ro.i.n 女主角	③ コーヒー kō.hī 咖啡	③ ハイヒール ha.i.hī.ru 高跟鞋	⓪ ヒトデ hi.to.de 海星

會話現學現説

◆ しょうひん おし
ヒット 商 品を教えてください。　請告訴我暢銷商品是什麼。
hi tto　shō hi n wo oshi e te ku da sa i

◆ だれ
このドラマのヒロインは誰？　這部劇的女主角是誰？
ko no do ra ma no hi ro i n wa da re

◆ ヒーターをつけてください。　請開暖爐。
hī tā wo tsu ke te ku da sa i

◆ きょう　は
今日、ハイヒールを履いている。
kyō　ha i hī ru wo ha i te i ru
我今天穿著高跟鞋。

今日、ハイヒールを履いている。

フ

[fu]

◎ フランス
fu.ra.n.su

法國

**聯想
小訣竅**

「フ」的發音是 [fu]，近似「呼」。發音時盡量將嘴型壓扁，不要用牙齒咬著下唇發音喔！字形像一艘船的船首，發音則和【「浮」在海上】做聯想。

字源記憶

片假名「フ」字是由中國字「不」字演變而來的喔！因此發音很相近。

不 → フ → フ

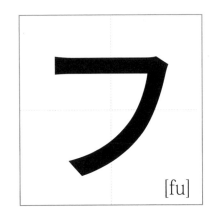

初學者 POINT

「免費」除了可以用「フリー」表達之外，其他還有「無料」、「ただ」的說法。

フリー	無料	ただ
fu.ri	mu.ryō	ta.da
免費	免費	免費

開口唸唸看

⓪ フライ	② フロア	① フック	⓪ フライパン
fu.ra.i	fu.ro.a	fu.kku	fu.ra.i.pa.n
炸	樓層	鉤子	平底鍋

② フリー	① ファイト	① フォーク	⑤ フランス料理
fu.ri	fa.i.to	fō.ku	fu.ra.n.su.ryō.ri
免費	作戰	叉子	法國料理

會話現學現說

◆ ファイト！ 加油！
fa i to

◆ この展覧会はフリーだ 。 這個展覽會是免費的。
ko no ten ran kai wa fu rī da

ファイト！

◆ フォーク、お願いします 。 請給我叉子。
fō ku o ne ga i shi ma su

◆ フライドチキン、一つ、お願いします 。 請給我一份炸雞。
fu ra i do chi ki n hi to tsu o ne ga i shi ma su

[he]

① ヘア
he.a
頭髪

「ヘ」的發音是 [he]，外型像座山。【記憶口訣：爬山累得「嘿」呦！「嘿」呦！】

字源記憶

片假名「ヘ」字是由中國字「部」字演變而來的喔！

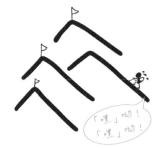

部 →  → ヘ

動手寫寫看

❶ヘ	❶ヘ			

初學者 POINT

「ヘビロテ」是英文「heavy + rotation」而來的，通常用來說短時間頻繁的重複，特別是指電台重複播放的歌曲，也可以用來形容很常穿的衣服，如：ヘビロテ服。

ヘビロテ
he.bi.ro.te
重複（特指歌曲）

ヘビロテ服
he.bi.ro.te.fu.ku
常穿的衣服

開口唸唸看

④ バウムクーヘン ba.u.mu.kū.he.n 年輪蛋糕	⑤ ヘアスプレー he.a.su.pu.rē 整髮劑	③ ヘリコプター he.ri.ko.pu.tā 直升機	③ ヘルメット he.ru.me.tto 安全帽
③ ヘビロテ he.bi.ro.te 短期間內很頻繁的重複	③ ヘアバンド he.a.ba.n.do 髮帶	③ ヘアカラー he.a.ka.rā 染髮	② ヘアサロン he.a.sa.ro.n 髮廊

會話現學現說

◆ ヘルメットをかぶって下さい。 請戴安全帽。
he ru me tto wo ka bu tte ku da sa i

◆ ヘアサロンで髪を切った。 在髮廊剪了頭髮。
he a sa ro n de ka mi wo ki tta

◆ この曲はヘビロテしている。 這首歌很常被播放。
ko no kyo ku wa he bi ro te shi te i ru

◆ ヘアカラーをしたいです。 我想染髮。
he a ka rā wo shi ta i de su

ヘルメットをかぶって下さい。

ア行
カ行
サ行
タ行
ナ行
ハ行
マ行
ヤ行
ラ行
ワ行
鼻音

[ho]

① ホテル
ho.te.ru
飯店

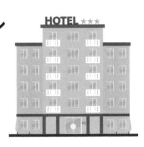

聯想 小訣竅 「ホ」的發音是 [ho]，字形像電線桿上的鳥，把後來才到的 鳥踢下去。【記憶口訣：先來「後」到！】

字源記憶

片假名「ホ」字是由中國字「保」字演變而 來的喔！因此發音很相近。

保 → 木 → ホ

動手寫寫看

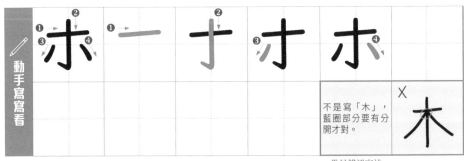

不是寫「木」，
藍圈部分要有分
開才對。

常見錯誤寫法

<table>
<tr><td>初學者
POINT</td><td>「ホッチキス」是在 1903 年，由日本公司從美國 E.H.Hotchkiss 公司輸入的釘書機型號「Hotchkiss No.1」，後來成為商品名。</td><td>ホッチキス
ho.cchi.ki.su
釘書機</td></tr>
</table>

開口唸唸看

① ホスト ho.su.to 主人；牛郎	④ ホラー映画 ho.rā.e.i.ga 恐怖電影	① ホーム hō.mu 月台	④ ホームページ hō.mu.pē.ji 主頁
③ ホームラン hō.mu.ra.n 全壘打	① ホール hō.ru 禮堂；大廳	① ホッチキス ho.cchi.ki.su 釘書機	④ ホットケーキ ho.tto.kē.ki 鬆餅

會話現學現説

一人でホラー映画を見るのは嫌だ。

◆ ホームラン！　全壘打！
hō　mu ra　n

◆ ホームで走るな。　不準在月台跑。
hō　mu de ha shi ru na

◆ 一人でホラー映画を見るのは嫌だ。　討厭一個人看恐怖電影。
hi to ri de ho　rā　ei ga wo mi ru no wa i ya da

◆ ホールでコンサートがある。　在音樂廳有演唱會。
hō　ru de ko　n　sā　to ga a ru

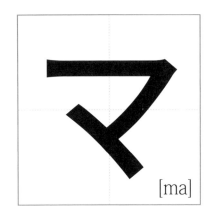

[ma]

③ マヨネーズ
ma.yo.nē.zu
美乃滋

聯想小訣竅 「マ」的發音是 [ma]，字形則像馬路連接著泳池，車子開著開著就進入泳池裡。【記憶口訣：「馬」路如虎口！】

字源記憶

「媽」呀！

片假名「マ」字是由中國字「万」字演變而來的喔！

万 → マ → マ

動手寫寫看

初學者POINT

日本人喜歡用「マイ」（my）來強調屬於自己的東西，例如：

マイホーム ma.i.hō.mu 我的家（指購入自宅時）	**マイカー** ma.i.cā 我的車	**マイ箸**（ばし） ma.i.ba.shi 我的筷子

開口唸唸看

① **マイク** ma.i.ku 麥克風	① **マスク** ma.su.ku 口罩	⓪ **マイナス** ma.i.na.su 減去；負面	⑤ **マーボー豆腐**（どうふ） mā.bō.dō.fu 麻婆豆腐
⓪ **マージャン** mā.ja.n 麻將	③ **マイカー** ma.i.kā 我的車	① **マンゴー** ma.n.gō 芒果	③ **マスカット** ma.su.ka.tto 麝香葡萄

會話現學現説

◆ **マーボー豆腐（どうふ）はおいしい。** 麻婆豆腐很好吃。
mā　bō　dō fu wa o i　shi

◆ **台湾（たいわん）のマンゴーは最高（さいこう）だ。** 台灣的芒果最棒了！
ta i wa n no ma n　gō　wa sai kō da

◆ **マイカーが欲（ほ）しいなあ！** 好想要有一台自己的車喔！
ma　i　kā　ga ho shī　nā

◆ **八（はち）マイナス四（よん）は四（よん）。** 八減去四是四。
ha chi ma i　na　su yo n wa yo n

マイカーが
欲しいなあ！

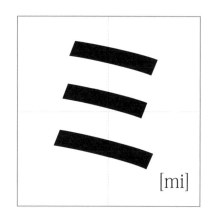

[mi]

① ミルク
mi.ru.ku
牛奶

聯想 小訣竅 「ミ」的發音是 [mi]，外形像貓咪的左邊鬍鬚，發音則和【貓「咪」】做聯想喔！

字源記憶

喵～

片假名「ミ」字是由中國字「三」字演變而來的喔！

三 → シ → ミ

動手寫寫看

初學者 POINT

日本的餐廳通常除了「ミネラルウォーター」，還有「スパークリング」可以選擇喔！

ミネラルウォーター	スパークリングウォーター
mi.ne.ra.ru.wō.tā	su.pā.ku.ri.n.gu.wō.tā
礦泉水	氣泡水

開口唸唸看 🫦

① ミス	① ミイラ	① ミラー	⑥ ミネラルウォーター
mi.su	mi.i.ra	mi.rā	mi.ne.ra.ru.wō.tā
出錯	木乃伊	鏡子	礦泉水
⓪ ミーティング	① ミキサー	④ ミニスカート	④ ミルクティー
mī.ti.n.gu	mi.ki.sā	mi.ni.su.kā.to	mi.ru.ku.tī
會議	攪拌機	迷你裙	奶茶

會話現學現說

◆ ミスしてごめんなさい。 我出錯了，真抱歉！
mi su shi te go me n na sa i

◆ ミイラ取りがミイラになる。
mī ra to ri ga mī ra ni na ru
適得其反。（中文直譯：去找木乃伊的人，也變成木乃伊）

◆ ミニスカートを穿く。 穿迷你裙。
mi ni su kā to wo ha ku

◆ 台湾のタピオカミルクティーは安いね！
ta i wa n no ta pi o ka mi ru ku tī wa ya su i ne
台灣的珍奶真便宜呢！

ミニスカート
を穿く。

ム

[mu]

◎ 消しゴム
ke.shi.go.mu

橡皮擦

聯想小訣竅　「ム」的發音是[mu]，字源是「牟」，字形像個小偷的包頭巾，發音則以【明「目」張膽】來聯想。

字源記憶

片假名「ム」字是由中國字「牟」字演變而來的喔！因此發音很相近。

牟 → ム → ム

動手寫寫看

初學者 POINT

| 腸詰め
ちょう づ
chō.zu.me
香腸 | ソーセージ
sō.sē.ji
香腸 | ハム
ha.mu
火腿 | ベーコン
bē.ko.n
培根 |

開口唸唸看

| ① ハム
ha.mu
火腿 | ① タイム
ta.i.mu
時間 | ① ムース
mū.su
慕斯 | ① チーム
chī.mu
團隊 |
| ① ゴム
go.mu
橡皮 | ① ゲーム
gē.mu
遊戲 | ① ブーム
bū.mu
潮流 | ① ドーム
dō.mu
半球形的屋頂 |

會話現學現說

チームを
組む。

◆ チームを組む。　組隊。
　　く
chī mu wo ku mu

◆ 消しゴムを貸してください。　請借我橡皮擦。
　け　　　　か
ke shi go mu wo ka shi te ku da sa i

◆ オンライン学習はブームだ。　線上學習是目前的潮流。
　　　　　　　がくしゅう
o n ra i n ga ku shū wa　bū mu da

◆ 多くの子供たちはテレビゲームに夢中になっている。
　おお　　こ ども　　　　　　　　　　　　　　　　　　むちゅう
ō ku no ko do mo ta chi wa te re bi gē mu ni mu chū ni na tte i ru
很多小孩熱衷於電視遊戲。

メ [me]

① **メニュー**
me.nyū
菜單

 聯想
小訣竅

「メ」的發音是「ㄇㄟ」，「メ」的字形像被貼了膠布的羊咩咩的嘴。【記憶口訣：我想「咩」但是「咩」不出來】

字源記憶

咩～

片假名「メ」字是由中國字「女」字演變而來的喔！

女 → メ → メ

常見錯誤寫法

| 動手寫寫看 | ② メ ① | ノ ① | ② メ | | 不是打一個「X」，藍圈部分要有弧度才行。 | X |

190

常用的長度單位日文說法如下：

初學者 POINT

センチ	インチ	メートル	キロメートル
se.n.chi	i.n.chi	mē.to.ru	ki.ro.mē.to.ru
公分	英吋	公尺	公里

開口唸唸看

① メーク	⓪ メール	④ メールアドレス	⓪ メートル
mē.ku	mē.ru	mē.ru.a.do.re.su	mē.to.ru
化妝	信件	電子郵件地址	公尺
① メーカー	① メモ	① メッセージ	① メンバー
mē.kā	me.mo	me.ssē.ji	me.n.bā
製造商	筆記	訊息	成員

會話現學現說

◆ メイドカフェへ行ったことがある？　有去過女僕咖啡店嗎？
me i do ka fe e i tta ko to ga a ru

◆ メモしてください。　請做筆記。
me mo shi te ku da sa i

◆ メークをしている。　「有化妝」或「正在化妝」。
mē ku wo shi te i ru

◆ メールアドレスを交換する。
mē ru a do re su wo kō ka n su ru
交換電子郵件地址。

モ [mo]

① モデル
mo.de.ru
模特兒；模型

聯想小訣竅

「モ」的發音是 [mo]，字源是「毛」簡化而來的，和台語的「毛」發音 [môo] 也很接近，字形則像一株沙漠裡的光頭仙人掌。【記憶口訣：無「毛」】

無「毛」
Before   After

字源記憶

片假名「モ」字是由中國字「毛」字演變而來的喔！因此字形與發音都很相近。

毛 → 毛 → モ

動手寫看

モ ＝ ニ モ

初學者 POINT　常見的打掃工具日文說法如下：

モップ	掃除機	雑巾	バケツ	ほうき	塵取り
	そう じ き	ぞうきん			ちり と
mo.ppu	sō.ji.ki	zō.ki.n	ba.ke.tsu	hō.ki	chi.ri.to.ri
拖把	吸塵器	抹布	水桶	掃把	畚箕

開口唸唸看

① メモリー
me.mo.rī
記憶；紀念

① レモン
re.mo.n
檸檬

⑥ モーニングコール
mō.ni.n.gu.kō.ru
晨喚服務（morning call）

① モニター
mo.ni.tā
監控、螢幕、顯示器

③ モノレール
mo.no.rē.ru
單軌列車

⓪ モップ
mo.ppu
拖把

④ マナーモード
ma.nā.mō.do
靜音模式

① モーター
mō.tā
馬達

會話現學現說

◆ ゆか
　床にモップをかける。　拖地板。
　yu ka ni mo ppu wo ka ke ru

床にモップを
かける。

◆ すい
　レモン水、ください。　請給我檸檬水。
　re mo n sui　ku da sa i

◆ けいたい
　携帯をマナーモードにしてください。　請把手機設為靜音模式。
　ke i ta i wo ma　nā　mō　do ni shi te ku da sa i

◆ ねが
　モーニングコール、お願いします。　請打電話叫我起床。
　mō ni n gu kō ru　o ne ga i shi ma su

ヤ

[ya]

⓪ タイヤ

ta.i.ya

輪胎

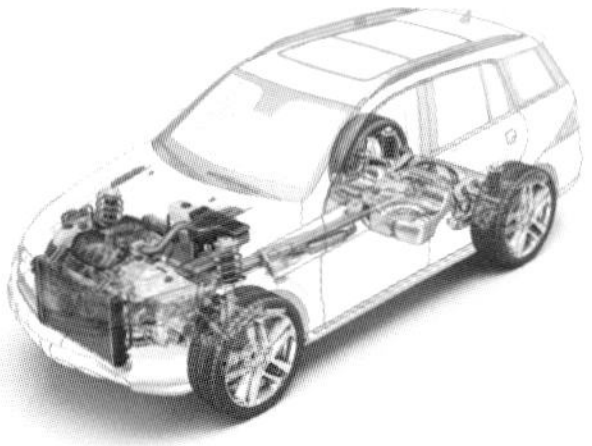

聯想小訣竅

「ヤ」的發音是「押」，聯想方式是外形像個【按「押」式的水龍頭】。

字源記憶

片假名「ヤ」字是由中國字「也」字演變而來的喔！因此字形與「也」的台語發音都很相近。

也 → ヤ → ヤ

動手寫寫看

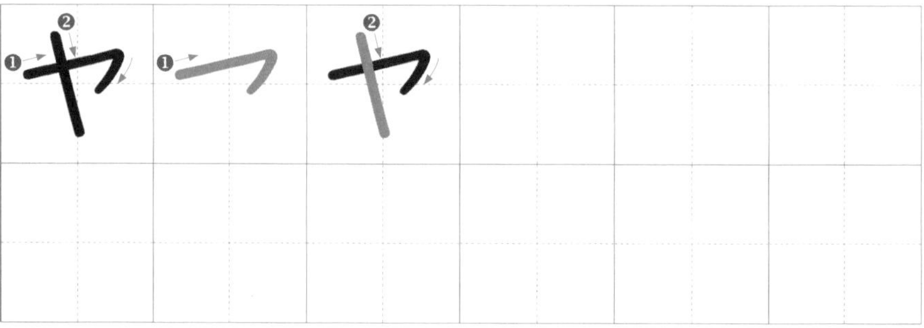

初學者
POINT

日文裡有很多形容笑法的用詞，例如：

ニヤニヤ笑う	ニコニコ笑う	ゲラゲラ笑う	クスクス笑う
ni.ya.ni.ya.wa.ra.u	ni.ko.ni.ko.wa.ra.u	ge.ra.ge.ra.wa.ra.u	ku.su.ku.su.wa.ra.u
意味深沉的笑	微笑	捧腹大笑	偷偷地笑

開口唸唸看

① ヤモリ	② イヤホン	① ワイヤ	③ ドヤ顔
ya.mo.ri	i.ya.ho.n	wa.i.ya	do.ya.ga.o
壁虎	耳機	金屬線	得意的表情

① イヤリング	⓪ ドライヤー	② プレーヤー	① ニヤニヤ
i.ya.ri.n.gu	do.ra.i.yā	pu.rē.yā	ni.ya.ni.ya
耳環	吹風機	選手；演奏者	意味深沉的笑

會話現學現説

◆ わたしはヤモリが怖い。　我覺得壁虎很恐怖。
wa ta shi wa ya mo ri ga kowa i

◆ ドライヤーで髪を乾かす。　用吹風機吹乾頭髮。
do ra i yā de ka mi wo ka wa ka su

◆ 彼はドヤ顔を見せた。　他露出了一副得意的表情。
ka re wa do ya ga o wo mi se ta

◆ 彼はニヤニヤ笑っている。　他笑得意味深沉。
ka re wa ni ya ni ya wa ra tte i ru

ドライヤーで
髪を乾かす。

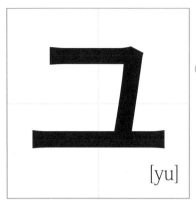

[yu]

② **ユニーク（な）**
yu.ni.ku.na
獨特的
（な形容詞）

◆ 聯想
小訣竅

「ユ」的發音是 [yu]，記憶方式為【「U」turn】。

字源記憶

「U」turn

片假名「ユ」字是由中國字「由」字演變而
來的喔！因此發音很相近。

由 → ユ → ユ

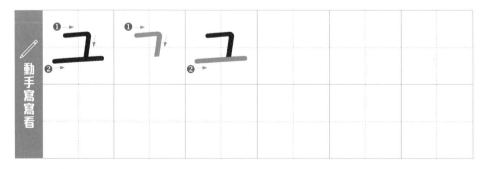

動手寫寫看

初學者
POINT

「ボリューム」是來自於英文的「volume」，可以用來當作聲音的音量，也可以指份量。

ボリューム
bo.ryū.mu

音量；份量

開口唸唸看

⓪ **ユリ**	① **ユーザー**	① **ユーモア**	① **ユーロ**
yu.ri	yū.zā	yū.mo.a	yū.ro
百合	使用者	幽默感	歐元
③ **ユニホーム**	② **ボリューム**	⓪ **ユーカリ**	① **ユッケ**
yu.ni.hō.mu	bo.ryū.mu	yu.ka.ri	yu.kke
制服	音量；份量	尤加利（樹）	生牛肉料理（韓國料理）

會話現學現説

◆ **ユーザーネームを 入 力 する。** 輸入使用者名稱。
yu za nē mu wo nyū ryo ku su ru

◆ **小 林 さんは、ユーモアのある 人 だ。** 小林先生是有幽默感的人。
ko ba ya shi sa n wa yū mo a no a ru hi to da

◆ **これはユニークな 発 想 だ。** 這是非常獨特的想法。
ko re wa yu nī ku na ha ssō da

◆ **ボリュームたっぷりの 定 食 。**
bo ryū mu ta ppu ri no te i sho ku
份量充足的定食。

これはユニークな
発想だ。

ア行
カ行
サ行
タ行
ナ行
ハ行
マ行
ヤ行
ラ行
ワ行
鼻音

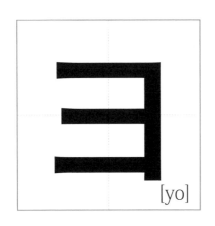

③ ヨーヨー
yō.yō
溜溜球

[yo]

聯想小訣竅

「ヨ」的發音是 [yo]，字形像個體重過重的人，突出的肚子下有三層油。【記憶口訣：有三層「油」】

字源記憶

三層「油」～

片假名「ヨ」字是由中國字「與」字演變而來的喔，因此發音很相近。

與 → ヨ → ヨ

動手寫寫看

			常見錯誤寫法
❶→ ❷→ ❸→ ヨ	❶→ フ	❷→ フ ヨ	藍圈的部分不能凸出來。 ヨ

初學者 POINT

常見的衣服材質有：

コットン	ナイロン	ポリエステル	ウール	カシミア	シルク
ko.tto.n	na.i.ro.n	po.ri.e.su.te.ru	ū.ru	ka.shi.mi.a	shi.ru.ku
棉	尼龍	聚酯纖維	羊毛	喀什米爾羊毛	絲

開口唸唸看

③ ヨーグルト	③ ヨーロッパ	① ヨット
yō.gu.ru.to	yō.ro.ppa	yo.tto
優格	歐洲	小型帆船、遊艇
① レーヨン	① ヨガ	② クレヨン
rē.yo.n	yo.ga	ku.re.yo.n
人造纖維	瑜珈	蠟筆

會話現學現説

◆ ヨーグルトはあまり好きじゃない 。　我不是很喜歡優格。
　 yō gu ru to wa a ma ri su ki ja na i

◆ この夏はヨーロッパに行く 。　今年夏天要去歐洲。
　 ko no natsu wa yō ro ppa ni i ku

◆ ヨットに乗る！　搭乘遊艇。
　 yo tto ni no ru

◆ クレヨンで絵をかく 。　用蠟筆畫圖。
　 ku re yo n de e wo ka ku

この夏はヨーロッパ
に行く。

[ra]

① ラーメン
rā.me.n
拉麺

**聯想
小訣竅**

「ラ」的發音是「拉」，雖然羅馬拼音標記是 [ra]，但發音是 [la]，字形像正在用筷子「拉」起麵條！

「拉」～

字源記憶

片假名「ラ」字是由中國字「良」字演變而來的喔！

良 → → ラ

動手寫寫看

初學者 POINT

「ラ行」片假名的羅馬拼音和平假名一樣是用 [r] 來標記，寫成 [ra]、[ri]、[ru]、[re]、[ro]，但發音時切記不是唸 [r] 而是用 [l] 來發音，也就是接近中文的「喇」、「哩」、「嚕」、「磊」、「囉」的發音喔！

開口唸唸看

⓪ ラー油 rā.yu 辣油	⓪ ライオン ra.i.o.n 獅子	④ ランドセル ra.n.do.se.ru 雙肩背包	① ライター ra.i.tā 打火機
① ラジオ ra.ji.o 收音機	① ランキング ra.n.ki.n.gu 排名	④ コインランドリー ko.i.n.ra.n.do.rī 投幣式洗衣房	① マフラー ma.fu.rā 圍巾

會話現學現説

◆ ラジオをつけてください。　請打開收音機。
　ra ji o wo tsu ke te ku da sa i

◆ ライターを持っていますか？　你有打火機嗎？
　ra i tā wo mo tte i ma su ka

◆ 寒いので、マフラーを巻きます。　因為冷所以圍上圍巾。
　samu i no de　ma fu rā wo ma ki ma su

◆ コインランドリーは何階ですか。
　ko i n ra n do ri wa na n gai de su ka
　請問幾樓有投幣式洗衣機？

ライターを持っていますか？

リ

[ri]

◎ **リットル**
ri.tto.ru
公升

0.75
リットル

聯想 小訣竅 「リ」的發音是「利」，字源是取自中文「利」字的右半邊，發音也近似「利」。【聯想口訣：從天而降的兩把「利」刃】

字源記憶

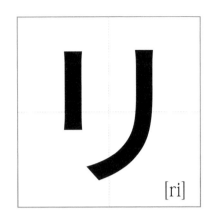

逃～

片假名「リ」字是由中國字「利」字演變而來的喔！因此發音很相近。

利 → リ → リ

動手寫寫看

初學者 POINT

平假名的「り」和片假名的「リ」，外型雖然相近，但是平假名的左邊那一畫是有小勾勾的，片假名則沒有喔！

開口唸唸看

④ リップカラー	④ リップグロス	⓪ リハビリ	② リフォーム
ri.ppu.ka.rā	ri.ppu.gu.ro.su	ri.ha.bi.ri	ri.fō.mu
口紅	唇蜜	復健	改造
① リズム	② リゾート	① リスク	⓪ リモコン
ri.zu.mu	ri.zō.to	ri.su.ku	ri.mo.ko.n
韻律	休閒度假地	風險	遙控器

會話現學現説

◆ リスクの高い仕事はしないほうがいい 。
ri su ku no taka i shigo to wa shi na i　hō ga　ī
高風險的工作最好不要做。

◆ お金があれば、家をリフォームしたい 。
o ka ne ga a re ba　ie wo ri　fō　mu shi ta i
如果有錢的話，好想改造家裡。

◆ リゾートホテルに泊まりたい 。　想住宿在休閒渡假飯店。
ri　zō　to ho te ru ni to ma ri ta i

◆ リップグロスを塗る 。　塗上唇蜜。
ri　ppu gu ro su wo nu ru

リスクの高い仕事はしないほうがいい。

ア行
カ行
サ行
タ行
ナ行
ハ行
マ行
ヤ行
ラ行
ワ行
鼻音

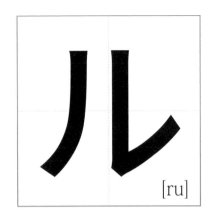

[ru]

① ルビー
ru.bī

紅寶石

聯想小訣竅

「ル」的發音是「嚕」，雖然羅馬拼音標記是 [ru]，但發音是 [lu] 喔！【記憶口訣：山不轉，「路」轉！】

山不轉「路」轉！

字源記憶

片假名「ル」字是由中國字「流」字演變而來的喔！因此發音很相近。

流 → ル → ル

動手寫寫看

204

初學者 POINT

「ビル」是「ビルディング」的省略說法，代表「大樓」的意思，而「ビール」則是「啤酒」，一個長音之差，意思差很多，請留意發音喔！

ビル	ビルディング	ビール
bi.ru	bi.ru.di.n.gu	bī.ru
大樓	大樓	啤酒

開口唸唸看

① ルール	① ルーム	④ ルームサービス	③ ルーレット
rū.ru	rū.mu	rū.mu.sā.bi.su	rū.re.tto
規則	房間	客房服務	輪盤

② バルーン	① ビル	⓪ アルコール	① ビール
ba.rū.n	bi.ru	a.ru.kō.ru	bī.ru
氣球	大樓	酒精	啤酒

會話現學現說

◆ 台北１０１は 超 高層ビルだ。　台北 101 是超高大樓。
　　たいぺい
tai pei ichi ma ru ichi wa chō kō sō bi ru da

◆ とりあえず、ビールください。　總之，請先來個啤酒。
to ri a e zu 　 bī ru ku da sa i

◆ ルールを教えてください。　請告訴我規則。
　　　　　おし
rū ru wo o shi e te ku da sa i

◆ アルコール 消 毒液で手、指を 消 毒する。
　　　　　　しょうどくえき　て　ゆび　しょうどく
a ru kō ru shō do ku e ki de te 　 yu bi wo 　 shō do ku su ru
用酒精消毒液消毒手和手指。

台北 101 は
超高層ビルだ。

片假名　205

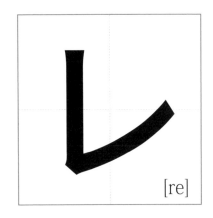

[re]

① レモン
re.mo.n
檸檬

聯想小訣竅 「レ」的發音是「ㄌㄟ」，雖然羅馬拼音標記是 [re]，但發音是 [le]，字形像一段胸前的【「蕾」絲】。

字源記憶

「蕾」絲

片假名「レ」字是由中國字「礼」字演變而來的喔！因此發音很相近。

礼 → し → レ

動手寫看看

初學者POINT

在便利商店請店員用微波爐加熱東西，日文可以說「レンジで
あたためてください」或「チンしてください」。微波加熱完
成時所發出的提醒聲「チン」，加上「する」變成動詞「チン
する」，意思就是用微波加熱東西。

レンジであたためてください	チンしてください	チンする
re.n.ji.de.a.ta.ta.me.te.ku.da.sa.i	chi.n.shi.te.ku.da.sa.i	chi.su.ru
請用微波爐加熱	請用微波爐加熱	用微波加熱東西

開口唸唸看

① レバー	④ レインコート	① レジ	① レストラン
re.bā	re.in.kō.to	re.ji	re.su.to.ra.n
肝臟	雨衣	收銀台	餐廳
① レベル	① レタス	① レンジ	③ レンタカー
re.be.ru	re.ta.su	re.n.ji	re.n.ta.kā
階段、水準、程度	萵苣	微波爐	租車

會話現學現說

◆ お会計はレジでお願いします。　結帳請至收銀櫃檯。
　 o kai kei wa re ji de o ne ga i shi ma su

◆ レストランを予約したいです。　我想預約餐廳。
　 re su to ra n wo yo ya ku shi ta i de su

◆ レンジでチンしてください。　請用微波爐加熱。
　 re n ji de chi n shi te ku da sa i

レンジでチン
してください。

◆ レンタカー一日の料金を教えてください。
　 re n ta kā ichinichi no ryō kin wo oshi te ku da sa i
請告訴我租車一日的費用。

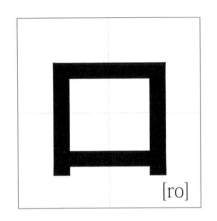

[ro]

① ロビー
ro.bi
大廳

聯想 小訣竅

「ロ」的發音是「漏」，雖然羅馬拼音是 [ro]，但發音是 [lo]，字形像一台【「漏」水】的洗衣機。

字源記憶

「漏」！

片假名「ロ」字是由中國字「呂」字演變而來的喔！因此發音很相近。

呂 → **ロ** → ロ

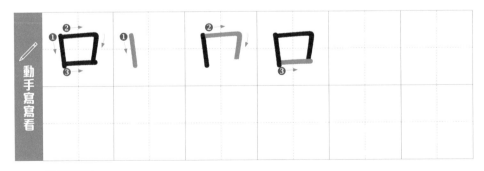

動手寫看

208

日文是由「漢字」、「ひらがな」、「かたかな」以及「ローマじ」所組成的。

初學者 POINT

漢字	ひらがな	かたかな	ローマ字
ka.n.ji	hi.ra.ga.na	ka.ta.ka.na	rō.ma.ji
漢字	平假名	片假名	羅馬字

開口唸唸看

① ロシア	① ロゴ	② ロケ地	④ ロングヘア
ro.shi.a	ro.go	ro.ke.chi	ro.n.gu.he.a
俄羅斯	商標	電視、電影取景地	長頭髮

④ ロールケーキ	③ ローマ字	④ ロングセラー	② ロケット
rō.ru.kē.ki	rō.ma.ji	ro.n.gu.se.rā	ro.ke.tto
蛋糕捲	羅馬字	長銷商品	火箭

會話現學現説

◆ あの映画のロケ地は 九 份です。　那部電影的取景地是九份。
a no ei ga no ro ke chi wa kyū fu n de su

◆ 上 司はロシア人です。　上司是俄羅斯人。
jō shi wa ro shi a ji n de su

◆ あの店にロールケーキを買うための 行 列ができています。
a no mi se ni rō ru kē ki wo ka u ta me no gyō retsu ga de ki te i ma su
那間店前排滿了為了買蛋糕捲的人。

◆ これはロングセラー 商 品ですよ。
ko re wa ro n gu se rā shō hi n de su yo
這個是長銷商品喔！

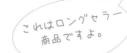

これはロングセラー
商品ですよ。

[wa]

① ワイン
wa.i.n
葡萄酒

「ワ」的發音是[wa]，字形記憶方式是一個人在【「挖」洞】！

字源記憶

「挖」！

片假名「ワ」字是由中國字「和」字演變而來的喔！

和 →  → ワ

動手寫寫看

初學者 POINT

「ワ」和「ウ」字型接近，請記得「ウ」上面有根「小煙囪」，而「ワ」沒有，這樣比較不會混淆喔！

開口唸唸看

④ ワイングラス wa.i.n.gu.ra.su 葡萄酒杯	① ワクチン wa.ku.chi.n 疫苗	④ ワゴン車 wa.go.n.sha 廂型車	③ ワンピース wa.n.pi̅.su 連身裙
③ ワンタン wa.n.ta.n 餛飩	④ ワイドショー wa.i.do.sho̅ 綜藝節目	⓪ ワイシャツ wa.i.sha.tsu 襯衫	① ワッフル wa.ffu.ru 格紋鬆餅

會話現學現說

◆ ワッフルを一つください。　請給我一份鬆餅。
wa ffu ru wo hi to tsu ku da sa i

◆ ワイシャツが汚れている。　襯衫髒了。
wa i sha tsu ga yo go re te i ru

◆ ワイングラスを割った。　打破了葡萄酒杯。
wa i n gu ra su wo wa tta

◆ 今年のインフルエンザワクチンを受けた。
ko to shi no i n fu ru e n za wa ku chi n wo u ke ta
已經接種了今年的流感疫苗。

今年のインフルエンザワクチンを受けた。

ア行

カ行

サ行

タ行

ナ行

ハ行

マ行

ヤ行

ラ行

ワ行

鼻音

[wo]

聯想 小訣竅 「ヲ」的發音是「歐」，雖然羅馬拼音是 [wo]，但是發音時需要唸成 [o]。外形像是一個人吃了辣椒後，張口大叫：「【噢】！辣死我了！」

字源記憶

「噢」~ 辣死我了~

片假名「ヲ」字是由中國字「乎」字演變而來的喔！

乎 → イ/ → ヲ

動手寫寫看

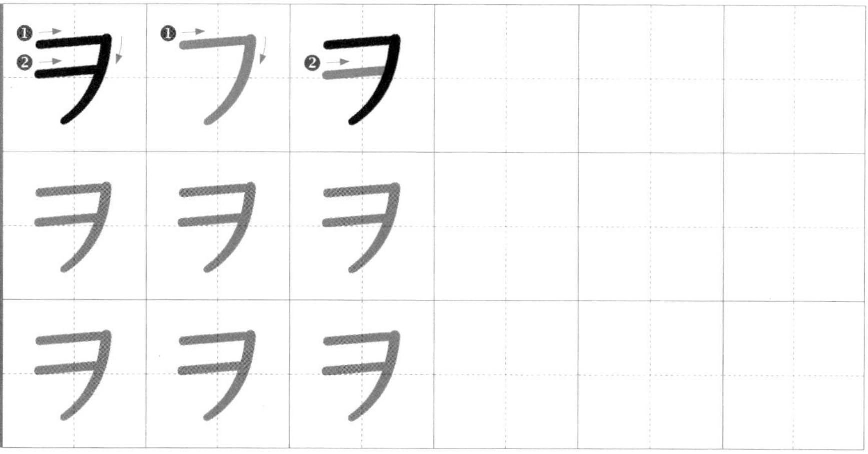

❶→ ❷→ ヲ ❶→ フ ❷→ ヲ

ヲ ヲ ヲ

ヲ ヲ ヲ

初學者
POINT

「ヲ」這個字幾乎不會出現在日常生活中喔！會出現的是平假名的「を」。

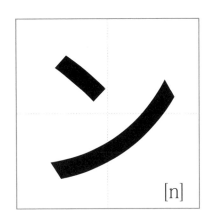

[n]

① パン
pa.n
麺包

**聯想
小訣竅** 「ン」的發音是鼻音 [n]，記憶口訣：【「嗯」……這個字我
想不到！】

字源記憶

片假名「ン」字是由中國字「尓」演變而來
的喔！

「嗯」想不出來
啊……

尓 →  → ン

動手寫寫看

初學者
POINT

「ン」無法單獨存在，必須依附在其它假名後面，和其它假名結合後才能一起發音喔！

開口唸唸看

⓪ アイロン	① インク	⓪ キリン	① チンする
a.i.ro.n	i.n.ku	ki.ri.n	chi.n.su.ru
熨斗	墨水	長頸鹿	微波爐加熱
③ サラリーマン	① ワンちゃん	① シングル	① キッチン
sa.ra.rī.ma.n	wa.n.cha.n	shi.n.gu.ru	ki.cchi.n
受薪階級	小狗的暱稱 （口語說法）	單身	廚房

會話現學現説

◆ 朝ごはんはよくパンを食べる。 早餐常吃麵包。
あさ　　　　　　　　　　　た
a sa go ha n wa yo ku pa n wo ta be ru

◆ 服にアイロンをかける。 燙衣服。
ふく
fu ku ni a i ro n wo ka ke ru

◆ キリンは首が長い。 長頸鹿脖子長。
　　　　くび　なが
ki ri n wa ku bi ga na ga i

◆ 彼女はシングルだ。 她是單身。
かのじょ
kano jo wa shi n gu ru da

キリンは首が
長い。

NOTE

特別音

濁音＆半濁音

　　日文 46 個音裡面並不是每個字都有濁音和半濁音，其中有濁音的只有「か、さ、た、は」四行，標示方式是在假名的右上方以兩點「゛」來標記。而半濁音只有「は」行，在假名右上方以小圈圈「゜」來標示。

◇ 平假名濁音＆半濁音

濁音				半濁音
が ga	ざ za	だ da	ば ba	ぱ pa
ぎ gi	じ ji	ぢ ji	び bi	ぴ pi
ぐ gu	ず zu	づ zu	ぶ bu	ぷ pu
げ ge	ぜ ze	で de	べ be	ぺ pe
ご go	ぞ zo	ど do	ぼ bo	ぽ po

◇ 片假名濁音＆半濁音

濁音				半濁音
ガ ga	ザ za	ダ da	バ ba	パ pa
ギ gi	ジ ji	ヂ ji	ビ bi	ピ pi
グ gu	ズ zu	ヅ zu	ブ bu	プ pu
ゲ ge	ゼ ze	デ de	ベ be	ペ pe
ゴ go	ゾ zo	ド do	ボ bo	ポ po

　　發現了嗎？「じ／ジ」和「ぢ／ヂ」的發音相同，「ず／ズ」和「づ／ヅ」的發音相同喔！

◈ 為什麼叫做濁音呢？

我們先前已介紹過日語 50 音的平假名和片假名，那 46 個假名都是屬於「清音」。和清音相對的就是「濁音」，因為發出聲音的同時聲帶也會立即明顯震動，所以稱作濁音。「半濁音」則是介於「清音」和「濁音」之間。

◈ 濁音裡的四個假名

濁音裡有「四つ仮名（四個假名）」稍微另人頭痛，亦即「じ、ぢ、ず、づ」，因為「じ、ぢ」發音一樣是 [ji]，「ず、づ」發音一樣是 [zu]，但是使用在不同單字裡時，狀況卻不一樣。

「じ」&「ぢ」

如：「にんじん（紅蘿蔔）」、「はなぢ（鼻血）」，雖然發音一樣是 [ji]，卻不能交替使用，因此只能靠多多書寫來記憶是用「じ」還是「ぢ」喔！

「ず」&「づ」

除了「じ、ぢ」，學習者也常問「つ [tsu]」、「づ [zu]」、「ず [zu]」怎麼區分。基本上發音聽起來是一樣的，但是使用在不同單字裡時，狀況卻不一樣。如：

つつ	こづつみ	しず
包む	**小包**	**静か**
tsu.tsu.mu	ko.zu.tsu.mi	shi.zu.ka
包起來	包裏	安靜的

像這樣，雖然發音一樣卻不能交替使用，是絕大部分的情形。只有極少數的狀況是可以交替的，如：「稻妻 [i.na.zu.ma]（閃電）」，可以使用「いなずま」或「いなづま」來標記。相傳是因為稻子結穗時，常常是雷聲和閃電交加之時，因此古人認為稻穗和閃電「結婚」了，所以稱為「稻妻」。

寫寫看：平假名濁音＆半濁音

が ga	ぎ gi	ぐ gu	げ ge	ご go		
ざ za	じ ji	ず zu	ぜ ze	ぞ zo		
だ da	ぢ ji	づ zu	で de	ど do		
ば ba	び bi	ぶ bu	べ be	ぼ bo		

ぱ pa	ぴ pi	ぷ pu	ぺ pe	ぽ po		

唸唸看：平假名濁音＆半濁音

⓪ 水 みず mi.zu 水	① ご飯 はん go.ha.n 飯	② 卵 たまご ta.ma.go 蛋	② 鍵 かぎ ka.gi 鑰匙
⓪ お土産 みやげ o.mi.ya.ge 伴手禮	⓪ 電話 でんわ de.n.wa 電話	⓪ 鞄 かばん ka.ba.n 包包	⓪ 扇風機 せんぷうき se.n.pū.ki 電風扇

ガ	ギ	グ	ゲ	ゴ			
ga	gi	gu	ge	go			
ザ	ジ	ズ	ゼ	ゾ			
za	ji	zu	ze	zo			
ダ	ヂ	ヅ	デ	ド			
da	ji	zu	de	do			
バ	ビ	ブ	ベ	ボ			
ba	bi	bu	be	bo			

パ	ピ	プ	ペ	ポ			
pa	pi	pu	pe	po			

唸唸看：片假名濁音 & 半濁音（藥妝）

⑦ クレンジングオイル	① パック
ku.re.n.ji.n.gu.o.i.ru	pa.kku
卸妝油（cleansing oil）	面膜（pack）
③ アイシャドー	③ ファンデーション
a.i.sha.dō	fa.n.dē.sho.n
眼影（eye shadow）	粉底（foundation）
① パウダー	⑤ リップクリーム
pa.u.dā	ri.ppu.ku.rī.mu
蜜粉（powder）	護唇膏（lip cream）
④ リップグロス	⑤ ハンドクリーム
ri.ppu.gu.ro.su	ha.n.do.ku.rī.mu
唇蜜（lip gloss）	護手霜（hand cream）

拗音

　　除了「い」之外的「い段音」（き・し・ち・に・ひ・み・り）和濁音、半濁音，加上只有一半大小的「や」、「ゆ」、「よ」稱為「拗音」，就像中文注音符號上下拼起來唸成一個音的概念。拗音共有 36 個，例如：

　　拗音在計算重音時，視為同一個音節。如如右邊的範例「手術」，單字前面的①，表示重音位置是在「しゅ」的位置，而這個字共有「しゅ・じゅ・つ」三個音節。

① 手術
しゅじゅつ
shu.ju.tsu
手術

きゃ kya	きゅ kyu	きょ kyo

ぎゃ gya	ぎゅ gyu	ぎょ gyo

しゃ sha	しゅ shu	しょ sho

じゃ ja	じゅ ju	じょ jo

ちゃ cha	ちゅ chu	ちょ cho

ぢゃ ja	ぢゅ ju	ぢょ jo

※不使用

にゃ nya	にゅ nyu	にょ nyo

びゃ bya	びゅ byu	びょ byo

ひゃ hya	ひゅ hyu	ひょ hyo

ぴゃ pya	ぴゅ pyu	ぴょ pyo

みゃ mya	みゅ myu	みょ myo

りゃ rya	りゅ ryu	りょ ryo

きゅうきゅうしゃ
③ **救急車**
kyū.kyū.sha

救護車

びょういん
⓪ **病院**
byō.i.n

醫院

い しゃ
⓪ **医者**
i.sha

醫生

かん じゃ
⓪ **患者**
kan.ja

患者

ちゅうしゃ
⓪ **注射**
chū.sha

打針

びょう き
⓪ **病気**
byō.ki

生病

キャ	キュ	キョ
kya	kyu	kyo

シャ	シュ	ショ
sha	shu	sho

チャ	チュ	チョ
cha	chu	cho

ニャ	ニュ	ニョ
nya	nyu	nyo

ヒャ	ヒュ	ヒョ
hya	hyu	hyo

ミャ	ミュ	ミョ
mya	myu	myo

リャ	リュ	リョ
rya	ryu	ryo

ギャ	ギュ	ギョ
gya	gyu	gyo

ジャ	ジュ	ジョ
ja	ju	jo

ヂャ	ヂュ	ヂョ
ja	ju	jo

※不使用

ビャ	ビュ	ビョ
bya	byu	byo

ピャ	ピュ	ピョ
pya	pyu	pyo

① ジュース
jū.su
果汁
（juice）

② シチュー
shi.chū
燉菜
（stew）

① シャツ
sha.tsu
襯衫
（shirt）

① チャンス
cha.n.su
機會
（chance）

① ニュース
nyū.su
新聞
（news）

⓪ ジョギング
jo.gi.n.gu
慢跑
（jogging）

長音

日文長音的規則有以下五種：【あ段音＋あ】、【い段音＋い】、【う段音＋う】、【え段音＋え／い】、【お段音＋お／う】，唸的時候要把前面的音拉長一拍。例如：

あ段音＋あ	おばさん o.ba.sa.n	→	おばあさん o.bā.sa.n
い段音＋い	おじさん o.ji.sa.n	→	おじいさん o.jī.sa.n
う段音＋う	すうがく sū.ga.ku	／	りゅう ryū
え段音＋え／い	おねえさん o.nē.sa.n	／	えいご e.i.go
お段音＋お／う	おおきい ō.kī	／	おとうさん o.tō.sa.n

本書中羅馬拼音上若有「-」這樣的橫槓，就表示該假名是長音，發音需拉長一拍；只有「えい」這個長音是唯一例外，依照日本東京大學推崇的羅馬字長音表記法，標記成 [e.i]。

要特別留意的是，日文中有沒有長音，會導致意思完全不同。長音是把前面的「あ、い、う、え、お」段音再拉長一拍，而不是直接唸出後面加上去的假名喔！例如：「おじさん」和「おじいさん」的意思就完全不同，「おじいさん」要記得發音為「歐記～桑」，而不能唸成「歐機一桑」四個音喔！

おじさん o.ji.sa.n 舅舅、伯父、叔叔	おじいさん o.jī.sa.n 爺爺、外公、年紀大的男性
おばさん o.ba.sa.n 舅媽、伯母、嬸嬸、阿姨	おばあさん o.bā.sa.n 奶奶、外婆、年紀大的女性

另外，外來語則是以「—」來表示長音。如：「キー」、「コーヒー」、「ラーメン」等……。

キー kī 鑰匙	コーヒー kō.hī 咖啡	ラーメン rā.me.n 拉麵

下面單字中標記成藍色的假名不用發音，唸的時候只要拉長藍色假名「前面」那個假名的發音一拍即可喔！

⓪ 定食 ていしょく te.i.sho.ku 定食	⓪ 紅茶 こうちゃ kō.cha 紅茶	① きゅうり kyū.ri 小黃瓜	⓪ 牛乳 ぎゅうにゅう gyū.nyū 牛奶
③ ほうれん草 そう hō.ren.sō 菠菜	⓪ 醬油 しょうゆ shō.yu 醬油	⓪ 牛肉 ぎゅうにく gyū.ni.ku 牛肉	⓪ 牛丼 ぎゅうどん gyū.don 牛丼

片假名長音以「ー」橫槓表示，唸的時候則是發橫槓「前面」那個假名的音，並且拉長一拍。

① ラーメン rā.me.n 拉麵、老麵	③ コーヒー kō.hī 咖啡（coffee）	① ジュース jū.su 果汁（juice）	① ケーキ kē.ki 蛋糕（cake）
⓪ カレー ka.rē 咖哩（curry）	② フルーツ fu.rū.tsu 水果（fruit）	③ ハンバーガー ha.n.bā.gā 漢堡（hamburger）	② ステーキ su.tē.ki 牛排（steak）

促音

在日文裡，會用只有一半大小的「つ」來表示「促音」，原則是：

1. 平假名用小「っ」來表示，片假名則用小「ッ」表示。
2. 小「っ／ッ」不發音。
3. 唸的時候要停頓一拍。

有沒有促音會讓意思有很大的不同喔！因此，發音時須特別留意：

おっと **夫** o.tto 丈夫	おと **音** o.to 物體的聲音
ぶ　か **部下** bu.ka 下屬	ぶっ　か **物価** bu.kka 物價

需要特別注意的是，在促音之後的音，以羅馬拼音表示時必須重複兩個子音。電腦輸入時也是如此，才能打得出促音喔！如：

きっ　ぷ **切符** ki.ppu 票券	けっ　こん **結婚** ke.kko.n 結婚

此外，計算重音時，一個促音也是算一個音節。如右邊的範例「納豆」，單字前面的③，就表示重音位置是在第三個音節，也就是「と」的位置為重音所在。

③ 納豆
な っ と う
na.ttō

納豆

⓪ 鉄火巻き て っ か ま te.kka.ma.ki 鐵火卷	③ 納豆 な っ と う na.ttō 納豆	⓪ 河童 か っ ぱ ka.ppa 河童	⓪ 切符 き っ ぷ ki.ppu 票券
⓪ 切手 き っ て ki.tte 郵票	⓪ 結婚 け っ こ ん ke.kko.n 結婚	⓪ 結果 け っ か ke.kka 結果	⓪ 失敗 し っ ぱ い shi.ppa.i 失敗

④ サンドイッチ sa.n.do.i.cchi 三明治（sandwich）	④ ホットドッグ ho.tto.do.ggu 熱狗（hotdog）	② ケチャップ ke.cha.ppu 番茄醬（catchup）	④ チキンナゲット chi.kin.na.ge.tto 小雞塊（chicken nugget）
① クッキー ku.kkī 餅乾（cookie）	③ パイナップル pa.i.na.ppu.ru 鳳梨（pineapple）	② コロッケ ko.ro.kke 可樂餅（croquette）	② ドレッシング do.re.ssi.n.gu 沙拉醬（dressing）

特殊音

　　日文中除了前面提過的「い」段音＋半個字大小的「ゃ」、「ゅ」、「ょ」結合成為拗音之外，其他尚有一半大小的「ぁ」、「ぃ」、「ぅ」、「ぇ」、「ぉ」和其他假名結合後拼成一個音的情形，稱為「特殊音」。

　　日語當中引進了大量的外語，作為外來語使用，但是日本原有的發音系統與歐美有很大的不同，特殊音就是為了讓發音能更接近原來的外語發音而產生的，因此才會有像「ファックス」、「ソファー」、「モーツァルト」、「ミルクティー」、「パーティー」、「ドゥ」、「ソフトウェア」……等這樣組成的發音。

ファックス fa.kku.su 傳真（fax）	ソファー so.fā 沙發（sofa）	モーツァルト mō.za.ru.to 莫札特（Mozart）
ミルクティー mi.ru.ku.tī 奶茶（milk tea）	パーティー pā.tī 派對（party）	ドゥ du 做（do）
ヴォリューム bo.ryū.mu 音量；份量（volume）	フォーク fō.ku 叉子（fork）	ソフトウェア so.fu.to.we.a 軟體（software）

※「ヴ [vu]」是「ウ」的濁音，主要用來表示外語中的「v」，目前多已被バ行音給取代，
　例如「ヴォリューム」改為「ボリューム」

學習驗收

接下來請聆聽老師的發音，寫出正確的假名：

	平假名		片假名	
❶	もういっ＿＿＿い 再一杯		コー＿＿＿ー 咖啡	
❷	＿＿＿うにゅう 牛奶		ピ＿＿＿ 披薩	
❸	きっ＿＿＿ 票		＿＿＿ロス 唇蜜	
❹	せん＿＿＿うき 電風扇		＿＿＿ッキ 有耳啤酒杯	
❺	しゅ＿＿＿つ 手術		＿＿＿ギング 慢跑	
❻	＿＿＿ういん 醫院		＿＿＿ツ 襯衫	
❼	こう＿＿＿ 紅茶		＿＿＿ース 新聞	
❽	＿＿＿うゆ 醬油		＿＿＿ンス 機會	
❾	しっ＿＿＿い 失敗		ケ＿＿＿ップ 番茄醬	
❿	お＿＿＿きい 大的		＿＿＿ーキ 蛋糕	

解答

片假名
① コーヒー　② ピザ　③ グロス　④ ジョッキ　⑤ ジョギング
⑥ シャツ　⑦ ニュース　⑧ チャンス　⑨ ケチャップ　⑩ ケーキ

日本語
① もういっぱい　② ぎゅうにゅう　③ きっぷ　④ せんぷうき　⑤ しゅじゅつ
⑥ びょういん　⑦ こうちゃ　⑧ しょうゆ　⑨ しっぱい　⑩ おおきい

NOTE

常用生活單字

學會了 50 音之後，我們來學一些生活中容易用到的常見單字吧！

◆ 金額和數字

いち **1** i.chi	ひゃく **100** hya.ku	せん **1000** se.n
に **2** ni	にひゃく **200** ni.hya.ku	にせん **2000** ni.se.n
さん **3** sa.n	さんびゃく **300** san.bya.ku	さんぜん **3000** san.ze.n
よん し **4** / **4** yo.n shi	よんひゃく **400** yo.n.hya.ku	よんせん **4000** yon.se.n
ご **5** go	ごひゃく **500** go.hya.ku	ごせん **5000** go.se.n
ろく **6** ro.ku	ろっぴゃく **600** ro.ppya.ku	ろくせん **6000** ro.ku.se.n
なな しち **7** / **7** na.na shi.chi	ななひゃく **700** na.na.hya.ku	ななせん **7000** na.na.se.n
はち **8** ha.chi	はっぴゃく **800** ha.ppya.ku	はっせん **8000** ha.sse.n
きゅう く **9** / **9** kyū ku	きゅうひゃく **900** kyū.hya.ku	きゅうせん **9000** kyū.se.n
じゅう **10** jū	せん **1000** se.n	いちまん **10000** i.chi.ma.n

◆ 常用量詞

數東西和點餐 ex：蘋果、橘子	數人	數長條狀的物品 ex：啤酒、筆	數薄而扁平的東西 ex：襯衫、CD、盤子、紙張
ひと **一つ** hi.to.tsu	ひとり **一人** hi.to.ri	いっぽん **一本** i.ppo.n	いちまい **一枚** i.chi.ma.i
ふた **二つ** fu.ta.tsu	ふたり **二人** fu.ta.ri	にほん **二本** ni.ho.n	にまい **二枚** ni.ma.i
みっ **三つ** mi.ttsu	さんにん **三人** sa.n.ni.n	さんぼん **三本** sa.n.bo.n	さんまい **三枚** sa.n.ma.i
よっ **四つ** yo.ttsu	よにん **四人** yo.ni.n	よんほん **四本** yo.n.ho.n	よんまい **四枚** yo.n.ma.i
いつ **五つ** i.tsu.tsu	ごにん **五人** go.ni.n	ごほん **五本** go.ho.n	ごまい **五枚** go.ma.i
むっ **六つ** mu.ttsu	ろくにん **六人** ro.ku.ni.n	ろっぽん **六本** ro.ppo.n	ろくまい **六枚** ro.ku.ma.i
なな **七つ** na.na.tsu	ななにん しちにん **七人／七人** na.na.ni.n　shi.chi.ni.n	ななほん **七本** na.na.ho.n	ななまい **七枚** na.na.ma.i
やっ **八つ** ya.ttsu	はちにん **八人** ha.chi.ni.n	はっぽん **八本** ha.ppo.n	はちまい **八枚** ha.chi.ma.i
ここの **九つ** ko.ko.no.tsu	きゅうにん **九人** kyū.ni.n	きゅうほん **九本** kyū.ho.n	きゅうまい **九枚** kyū.ma.i
とお **十** tō	じゅうにん **十人** jū.ni.n	じゅっぽん **十本** ju.ppo.n	じゅうまい **十枚** jū.ma.i

◆ 時刻

① 朝 あさ a.sa 早上	② 昼 ひる hi.ru 中午	① 夜 よる yo.ru 晚上	① 午前 ご ぜん go.ze.n 上午	① 午後 ご ご go.go 下午

何時 幾點 なん じ na.n.ji				
② 1時 いち じ i.chi.ji	① 2時 に じ ni.ji	① 3時 さん じ sa.n.ji	① 4時 よ じ yo.ji	① 5時 ご じ go.ji
② 6時 ろく じ ro.ku.ji	② 7時 しち じ shi.chi.ji	② 8時 はち じ ha.chi.ji	① 9時 く じ ku.ji	① 10時 じゅう じ jū.ji
④ 11時 じゅういち じ jū.i.chi.ji	② 12時 じゅうに じ jū.ni.ji	※ 需要特別注意 4 點、7 點、9 點的唸法喔！		

何分 幾分 なん ぷん na.n.pu.n		
① 1分 いっ ぷん i.ppu.n	① 6分 ろっ ぷん ro.ppu.n	③ 11分 じゅういっ ぷん jū.i.ppu.n
① 2分 に ふん ni.fu.n	② 7分 なな ふん na.na.fu.n	③ 12分 じゅうに ふん jū.ni.fu.n
① 3分 さん ぷん sa.n.pu.n	① 8分 はっ ぷん ha.ppu.n	③ 13分 じゅうさんぷん jū.sa.n.pu.n
① 4分 よん ぷん yo.n.pu.n	① 9分 きゅう ふん kyū.fu.n	③ 14分 じゅうよん ぷん jū.yo.n.pu.n
① 5分 ご ふん go.fu.n	① 10分／10分 じゅっ ぷん じっ ぷん ju.ppu.n / ji.ppu.n	③ 30分／30分 さんじゅっぷん さんじっ ぷん sa.n.ju.ppu.n / sa.n.ji.ppu.n

※ 請注意 1 分、3 分、4 分、6 分、8 分、10 分的唸法喔！

日期

にちよう び 日曜日	げつよう び 月曜日	か よう び 火曜日	すい よう び 水曜日	もくよう び 木曜日	きんよう び 金曜日	ど よう び 土曜日
	ついたち ★1日 tsu.i.ta.chi	ふつか ★2日 fu.tsu.ka	みっか ★3日 mi.kka	よっか ★4日 yo.kka	いつか ★5日 i.tsu.ka	むいか ★6日 mu.i.ka
なのか ★7日 na.no.ka	ようか ★8日 yō.ka	ここのか ★9日 ko.ko.no.ka	とおか ★10日 tō.ka	じゅういち にち 11日 jū.i.chi.ni.chi	じゅうに にち 12日 jū.ni.ni.chi	じゅうさん にち 13日 jū.sa.n.ni.chi
じゅうよっ か ★14日 jū.yo.kka	じゅうご にち 15日 jū.go.ni.chi	じゅうろく にち 16日 jū.ro.ku.ni.chi	じゅうしち にち 17日 jū.shi.chi.ni.chi	じゅうはち にち ★18日 jū.ha.chi.ni.chi	じゅうく にち ★19日 jū.ku.ni.chi	はつ か ★20日 ha.tsu.ka
にじゅういち にち 21日 ni.jū.i.chi.ni.chi	にじゅうに にち 22日 ni.jū.ni.ni.chi	にじゅうさん にち 23日 ni.jū.sa.n.ni.chi	にじゅうよっ か ★24日 ni.jū.yo.kka	にじゅうご にち 25日 ni.jū.go.ni.chi	にじゅうろく にち 26日 ni.jū.ro.ku.ni.chi	にじゅうしち にち 27日 ni.jū.shi.chi.ni.chi
にじゅうはち にち ★28日 ni.jū.ha.chi.ni.chi	にじゅうく にち ★29日 ni.jū.ku.ni.chi	さんじゅう にち 30日 sa.n.jū.ni.chi	さんじゅういち にち 31日 sa.n.jū.i.chi.ni.chi			

星期

げつ よう び ③ 月曜日 ge.tsu.yō.bi 星期一	か よう び ② 火曜日 ka.yō.bi 星期二	すい よう び ③ 水曜日 su.i.yō.bi 星期三	もく よう び ② 木曜日 mo.ku.yō.bi 星期四
きん よう び ③ 金曜日 ki.n.yō.bi 星期五	ど よう び ② 土曜日 do.yō.bi 星期六	にち よう び ③ 日曜日 ni.chi.yō.bi 星期日	なん よう び ③ 何曜日 na.n.yō.bi 星期幾？

◆ 月份

いち がつ ④ 一月 i.chi.ga.tsu 一月	に がつ ③ 二月 ni.ga.tsu 二月	さん がつ ① 三月 sa.n.ga.tsu 三月	し がつ ③ 四月 shi.ga.tsu 四月
ご がつ ① 五月 go.ga.tsu 五月	ろく がつ ④ 六月 ro.ku.ga.tsu 六月	しち がつ ④ 七月 shi.chi.ga.tsu 七月	はち がつ ④ 八月 ha.chi.ga.tsu 八月
く がつ ① 九月 ku.ga.tsu 九月	じゅう がつ ④ 十月 jū.ga.tsu 十月	じゅういち がつ ⑥ 十一月 jū.i.chi.ga.tsu 十一月	じゅう に がつ ⑤ 十二月 jū.ni.ga.tsu 十二月

※ 請特別注意四月、七月和九月的唸法喔！

◆ 身體部位

あたま ③ 頭 a.ta.ma 頭	め ① 目 me 眼睛	はな ⓪ 鼻 ha.na 鼻子	みみ ② 耳 mi.mi 耳朵	くち ⓪ 口 ku.chi 嘴巴
のど ① 喉 no.do 喉嚨	て ① 手 te 手	ゆび ② 指 yu.bi 手指	なか ⓪ お腹 o.na.ka 肚子	は ① 歯 ha 牙齒
こし ⓪ 腰 ko.shi 腰	あし ② 足 a.shi 腳	い ① 胃 i 胃	かみ ② 髪 ka.mi 頭髮	しり ② 尻 shi.ri 臀部

◆ 假名相似家族

請在空格處填寫以下幾個字的羅馬拼音。

平假名				片假名			
ぬ	ね	わ	れ	ウ	ワ		
nu				u			
さ	ち			フ	ヲ		
は	ほ			ツ	シ	ソ	ン
る	ろ			コ	ロ		
き	さ			ヨ	ユ		

NOTE

學習大驗收：
紓壓著色小練習

部屋
（へや）
he.ya
房間

請先對照圖片學習房間物品的日文名稱，並把寫法記下來，準備進行學習大驗收囉！也可以自由在圖上著色、加深記憶效果！

現在，請暫時把上一頁遮起來，跟著老師的發音
並參考羅馬拼音，寫出上一頁物品的日文名稱。

❶ 門　（do.a）＿＿＿＿＿＿（片假名）

❷ 沙發（so.fā）＿＿＿＿＿＿（片假名）

❸ 桌子（tē.bu.ru）＿＿＿＿＿＿（片假名）

❹ 靠墊（ku.ssho.n）＿＿＿＿＿＿（片假名）

❺ 床　（be.ddo）＿＿＿＿＿＿（片假名）

❻ 窗戶（ma.do）＿＿＿＿＿＿

❼ 椅子（i.su）＿＿＿＿＿＿

❽ 被子（fu.to.n）＿＿＿＿＿＿

❾ 枕　（ma.ku.ra）＿＿＿＿＿＿

❿ 鏡子（ka.ga.mi）＿＿＿＿＿＿

⓫ 照片（sha.shi.n）＿＿＿＿＿＿

⓬ 櫃子（ta.n.su）＿＿＿＿＿＿

⓭ 電燈（de.n.ki）＿＿＿＿＿＿

⓮ 時鐘（to.ke.i）＿＿＿＿＿＿

答案　❶ドア　❷ソファー　❸テーブル　❹クッション　❺ベッド　❻まど　❼いす
❽ふとん　❾まくら　❿かがみ　⓫しゃしん　⓬たんす　⓭でんき　⓮とけい

くだもの
果物
ku.da.mo.no
水果

請先對照圖片學習常見水果的日文名稱，並把寫法記下來，準備進行學習大驗收囉！也可以自由在圖上著色、加深記憶效果！

キウイ

パイナップル

りんご

みかん

メロン

バナナ

ぶどう

すいか

もも

かき

さくらんぼう

いちご

現在，請暫時把上一頁遮起來，跟著老師的發音並參考羅馬拼音，寫出上一頁水果的日文名稱。

❶ 哈密瓜 （me.lo.n） ＿＿＿＿＿＿＿＿（片假名）

❷ 香蕉 （ba.na.na） ＿＿＿＿＿＿＿＿（片假名）

❸ 鳳梨 （pa.i.na.ppu.ru） ＿＿＿＿＿＿＿＿（片假名）

❹ 奇異果 （ki.wu.i） ＿＿＿＿＿＿＿＿（片假名）

❺ 蘋果 （ri.n.go） ＿＿＿＿＿＿＿＿

❻ 橘子 （mi.ka.n） ＿＿＿＿＿＿＿＿

❼ 桃子 （mo.mo） ＿＿＿＿＿＿＿＿

❽ 柿子 （ka.ki） ＿＿＿＿＿＿＿＿

❾ 草莓 （i.chi.go） ＿＿＿＿＿＿＿＿

❿ 櫻桃 （sa.ku.ra.n.bō） ＿＿＿＿＿＿＿＿

⓫ 西瓜 （su.i.ka） ＿＿＿＿＿＿＿＿

⓬ 葡萄 （bu.dō） ＿＿＿＿＿＿＿＿

答案
❶メロン ❷バナナ ❸パイナップル ❹キウイ ❺りんご ❻みかん
❼もも ❽かき ❾いちご ❿さくらんぼう ⓫すいか ⓬ぶどう

食べ物
（た）（もの）
ta.be.mo.no
食物

請先對照圖片學習常見食物的日文名稱，並把寫法記下來，準備進行學習大驗收囉！也可以自由在圖上著色、加深記憶效果！

ハンバーガー

サンドイッチ

ホットドッグ

ソフトクリーム

ピザ

ケーキ

ドーナツ

パン

チョコレート

クッキー

プリン

現在，請暫時把上一頁遮起來，跟著老師的發音
並參考羅馬拼音，寫出上一頁食物的「片假名」。

❶ 漢堡 （ha.n.bā.gā） ______________________

❷ 三明治 （sa.n.do.i.cchi） ______________________

❸ 熱狗 （ho.tto.do.ggu） ______________________

❹ 霜淇淋 （so.fu.to.ku.rī.mu） ______________________

❺ 披薩 （pi.za） ______________________

❻ 蛋糕 （kē.ki） ______________________

❼ 甜甜圈 （dō.na.tsu） ______________________

❽ 麵包 （pa.n） ______________________

❾ 巧克力 （cho.ko.rē.to） ______________________

❿ 餅乾 （ku.kkī） ______________________

⓫ 布丁 （pu.ri.n） ______________________

答案
❶ハンバーガー ❷サンドイッチ ❸ホットドッグ ❹ソフトクリーム ❺ピザ ❻ケーキ
❼ドーナツ ❽パン ❾チョコレート ❿クッキー ⓫プリン

野菜
や さい
ya.sa.i
蔬菜

請先對照圖片學習常見蔬菜的日文名稱，並把寫法記下來，準備進行學習大驗收囉！也可以自由在圖上著色、加深記憶效果！

とうがらし

きゅうり

ねぎ

えんどう

レモン

しいたけ

かぼちゃ

たまねぎ

アスパラガス

にんじん

まいたけ

キャベツ

ほうれんそう

だいこん

じゃがいも

ブロッコリー

たけのこ

とうもろこし

トマト

なす

現在，請暫時把上一頁遮起來，跟著老師的發音並參考羅馬拼音，寫出上一頁蔬菜的日文名稱。

❶ 小黃瓜 （kyū.ri） ＿＿＿＿＿＿

❷ 唐辛子 （tō.ga.ra.shi） ＿＿＿＿＿＿

❸ 蔥 （ne.gi） ＿＿＿＿＿＿

❹ 豌豆 （e.n.dō） ＿＿＿＿＿＿

❺ 檸檬 （re.mo.n） ＿＿＿＿＿＿（片假名）

❻ 南瓜 （ka.bo.cha） ＿＿＿＿＿＿

❼ 香菇 （shī.ta.ke） ＿＿＿＿＿＿

❽ 洋蔥 （ta.ma.ne.gi） ＿＿＿＿＿＿

❾ 紅蘿蔔 （ni.n.ji.n） ＿＿＿＿＿＿

❿ 蘆筍 （a.su.pa.ra.ga.su） ＿＿＿＿＿＿（片假名）

⓫ 馬鈴薯 （ja.ga.i.mo） ＿＿＿＿＿＿

⓬ 高麗菜 （kya.be.tsu） ＿＿＿＿＿＿（片假名）

⓭ 花椰菜 （bu.ro.kko.rī） ＿＿＿＿＿＿（片假名）

⓮ 舞菇 （ma.i.ta.ke） ＿＿＿＿＿＿

⓯ 菠菜 （hō.rē.n.so） ＿＿＿＿＿＿

⓰ 白蘿蔔 （da.i.ko.n） ＿＿＿＿＿＿

⓱ 玉米 （tō.mo.ro.ko.shi） ＿＿＿＿＿＿

⓲ 番茄 （to.ma.to） ＿＿＿＿＿＿（片假名）

⓳ 茄子 （tna.su） ＿＿＿＿＿＿

⓴ 筍子 （ta.ke.no.ko） ＿＿＿＿＿＿

答案

❶ きゅうり ❷ とうがらし ❸ ねぎ ❹ えんどう ❺ レモン ❻ かぼちゃ ❼ しいたけ ❽ たまねぎ ❾ にんじん ❿ アスパラガス ⓫ じゃがいも ⓬ キャベツ ⓭ ブロッコリー ⓮ まいたけ ⓯ ほうれんそう ⓰ だいこん ⓱ とうもろこし ⓲ トマト ⓳ なす ⓴ たけのこ

食器
しょっき
sho.kki
餐具

請先對照圖片學習常用餐具的日文名稱，並把寫法記下來，準備進行學習大驗收囉！也可以自由在圖上著色、加深記憶效果！

スプーン

フォーク

ナイフ

はし

はしおき

カップ

お皿

ティーポット

ちゃわん

ワイングラス

コップ

現在，請暫時把上一頁遮起來，跟著老師的發音並參考羅馬拼音，寫出上一頁餐具的日文名稱。

❶ 湯匙　（su.pū.n）＿＿＿＿＿＿＿＿（片假名）

❷ 叉子　（fō.ku）＿＿＿＿＿＿＿＿（片假名）

❸ 刀　（na.i.fu）＿＿＿＿＿＿＿＿（片假名）

❹ 筷子　（ha.shi）＿＿＿＿＿＿＿＿

❺ 筷架　（ha.shi.o.ki）＿＿＿＿＿＿＿＿

❻ 有耳杯　（ka.ppu）＿＿＿＿＿＿＿＿（片假名）

❼ 盤子　（o.sa.ra）＿＿＿＿＿＿＿＿

❽ 茶壺　（tī.po.tto）＿＿＿＿＿＿＿＿（片假名）

❾ 碗　（cha.wa.n）＿＿＿＿＿＿＿＿

❿ 紅酒杯　（wa.i.n.gu.ra.su）＿＿＿＿＿＿＿＿（片假名）

⓫ 水杯　（ko.ppu）＿＿＿＿＿＿＿＿（片假名）

答案

❶スプーン　❷フォーク　❸ナイフ　❹はし　❺はしおき　❻カップ

❼お皿　❽ティーポット　❾ちゃわん　❿ワイングラス　⓫コップ

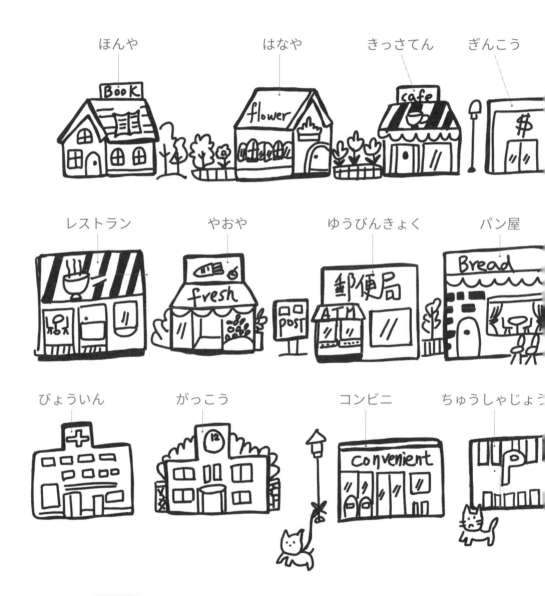

まち
町
ma.chi
城鎮

請先對照圖片學習城鎮建物的日文名稱，並把寫法記下來，準備進行學習大驗收囉！也可以自由在圖上著色、加深記憶效果！

ほんや

はなや

きっさてん

ぎんこう

レストラン

やおや

ゆうびんきょく

パン屋

びょういん

がっこう

コンビニ

ちゅうしゃじょう

現在，請暫時把上一頁遮起來，跟著老師的發音並
參考羅馬拼音，寫出上一頁建物的日文名稱。

❶ 書店　　　（ho.n.ya）　　　_____

❷ 花店　　　（ha.na.ya）　　　_____

❸ 咖啡廳　　（ki.ssa.te.n）　　_____

❹ 銀行　　　（gi.n.kō）　　　_____

❺ 餐廳　　　（re.su.to.ra.n）　　_____（片假名）

❻ 蔬果店　　（ya.o.ya）　　　_____

❼ 郵局　　　（yū.bi.n.kyo.ku）　_____

❽ 麵包店　　（pa.n.ya）　　　_____（片假名＋平假名）

❾ 醫院　　　（byō.i.n）　　　_____

❿ 學校　　　（ga.kkō）　　　_____

⓫ 便利商店　（ko.n.bi.ni）　　_____（片假名）

⓬ 停車場　　（chū.sha.jō）　　_____

NOTE

電腦手機
日文輸入法

如何叫出電腦裡的日文輸入功能

　　學習過 50 音之後，想在電腦或手機輸入日文，要如何叫出可以輸入日文的功能呢？以下分別介紹使用 Mac 電腦和 Windows 電腦的輸入法，以及手機日文輸入的功能設定。

◈ Mac 電腦

　　如果您是 Mac 電腦，首先請在電腦桌布頁面下方點選「系統偏好設定」。

 Step 1 **選取螢幕下方的「系統偏好設定」**

Step 2 點選「語言與地區」的選項

Step 3 點選左下角的「＋」

Step 4 點選「日本語」後，按右下角的「加入」

 Step 5 可以看到日本語已被加入偏好的語言裡面

點選「使用繁體中文（台灣）」。若點選「使用日文」，會
變成整台電腦都是日文介面

可以在電腦右上角輸入法的地方看見顯示為「あ」的日文輸
入法

◈ Windows10 系統

如果您的電腦是 Windows 系統，請依照以下步驟安裝日文輸入法。

點選桌面左下角「開始」旁邊的「在這裡輸入文字搜尋」

輸入「語言」進行搜尋，並點擊「語言設定」

Step 3 進入語言設定，在「慣用語言」欄位選擇「＋」來新增慣用語言

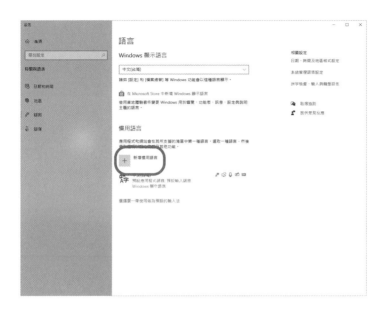

Step 4 在「選擇要安裝的語言」選擇「日本語」後按「下一步」

Step 5 進入「安裝語言功能」後點選「安裝」

 Step 6 等待「日本語」安裝完畢

安裝完畢後，確認「慣用語言」部分已出現「日本語」，即可開始使用日文輸入法

慣用語言

應用程式和網站會在其所支援的清單中第一種語言。選取一種語言，然後選取選項以設定鍵盤及其他功能。

＋ 新增慣用語言

中文(台灣)
預設應用程式語言; 預設輸入語言
Windows 顯示語言

日本語
已安裝的語言套件

↑ ↓   選項   移除

選擇要一律使用做為預設的輸入法

確認右下角輸入法選項的地方已切換成「日文微軟輸入法」

iPhone

如果您的手機是 iPhone，請參考以下方式叫出日文輸入鍵盤。

Step 1　**先進入手機的「設定」**

Step 2

進到「一般」裡面的「鍵盤」，然後再點選「新增鍵盤」功能

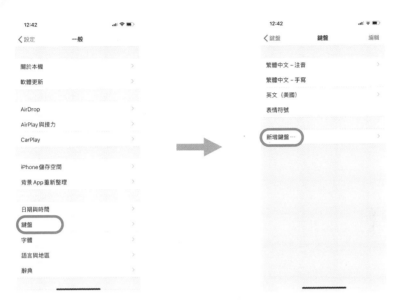

 Step 3

選取「建議的鍵盤」裡面的「日文」，日文鍵盤還可以選擇「假名」或「羅馬字」，這裡我們先選「羅馬字」

Step 4 選擇羅馬字會出現英文鍵盤；若選擇假名則會出現日文鍵盤

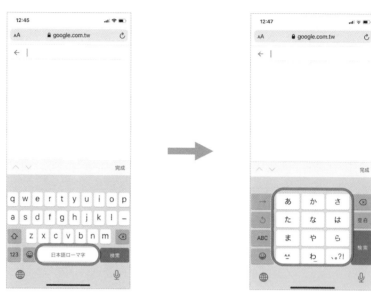

◆ Android（以 Samsung 手機為例）

Step 1 在文字輸入介面上，點選右下角鍵盤圖示，進入「選擇鍵盤」介面

Step 2 選擇三星鍵盤，點選「語言及類型」，再按「管理輸入語言」

Step 3 找到「日本語」並按右側下載鍵，下載後「日本語」右側出現控制鈕，即代表下載成功

電腦日文輸入法

要如何使用電腦版的日文輸入法呢？接下來參考以下步驟來學習如何輸入喔！

◈ 拗音

拗音是由正常大小的假名及小的假名組合而成的，例如「みゃ」，原本各自的羅馬拼音形式是「mi（み）」+「ya（や）」，兩個結合後唸成「mya」。鍵盤上請依序輸入 m.y.a 後即會出現「みゃ」的選項。需要注意的是，「りゃ、りゅ、りょ」的第一個音是「r」不是「l」喔！

若想直接打「小字」，先打「L」後再打想要縮小的字，例如打「li」會出現縮小的「ぃ」，打「le」則會出現小的「ぇ」。

◈ 促音

只要重覆下一個假名的第一個羅馬字，促音便會自動出現喔！例如「切手（きって）」的羅馬字是[ki]和[te]，當我們要打「切手（きって）」時，只需重覆「っ」後假名「て」的第1個羅馬字（子音），打成「tte」即可，此時就會出現「切手」的字可選，亦即「きって」的輸入法是「kitte」。

◈ 長音

平假名長音就是按照字面上假名的羅馬拼音去打即可，如：数学（すうがく）輸入「su.u.ga.ku」；扇風機（せんぷうき）輸入「sen.pu.u.ki」。

片假名的長音請按中文鍵盤右上角「0」的右邊、上面有注音符號「ㄦ」的那個鍵，就會出現長音符號。

◈ 特殊音

特殊音的輸入方法，就是先按「假名」（非小字的那個）的羅馬拼音輸入後，再按「L」＋「想打的特殊音」。如：ティ [ti]，就打「te」＋L鍵＋「i」，亦即輸入順序是「t.e.l.i」。ウェ [we]，就打「u」＋L鍵＋「e」，亦即輸入順序是「u.l.e」

◈ 鼻音

只打一個 n 是不夠的喔！需要重複打兩次 n 才能出現「ん」。

溫馨小提醒

日文的羅馬拼音輸入請參考本書 18 頁的「50 音總表」。

加入晨星

即享『**50 元 購書優惠券**』

--- **回函範例** ---

您的姓名： 晨小星

您購買的書是： 貓戰士

性別： ●男 ○女 ○其他

生日： 1990/1/25

E-Mail： ilovebooks@morning.com.tw

電話／手機： 09××-×××-×××

聯絡地址： 台中　市　西屯　區
工業區 30 路 1 號

您喜歡：●文學／小說　●社科／史哲　●設計／生活雜藝　○財經／商管
（可複選）●心理／勵志　○宗教／命理　○科普　　○自然　●寵物

心得分享： 我非常欣賞主角…

本書帶給我的…

"誠摯期待與您在下一本書相遇，讓我們一起在閱讀中尋找樂趣吧！"

國家圖書館出版品預行編目（CIP）資料

日語50音完全自學手冊（修訂版）／王心怡
（Hikky Wang）著. -- 二版. -- 臺中市：晨星出
版有限公司, 2023.03
272面；16.5×22.5公分. --（語言學習；29）
ISBN 978-626-320-384-6（平裝）

1.CST: 日語 2.CST: 語音 3.CST: 假名

803.1134   112001047

語言學習 29

日語50音完全自學手冊（修訂版）

作者	王心怡 Hikky Wang
審訂	賴怡真
編輯	余順琪
錄音	小辻菜菜子 Nanako Kotsuji
封面設計	耶麗米工作室
美術編輯	張蘊方
內頁排版	林姿秀

創辦人	陳銘民
發行所	晨星出版有限公司
	407台中市西屯區工業30路1號1樓
	TEL：04-23595820　FAX：04-23550581
	E-mail：service-taipei@morningstar.com.tw
	http://star.morningstar.com.tw
	行政院新聞局局版台業字第2500號
法律顧問	陳思成律師
初版	西元2021年03月15日
二版	西元2023年03月01日
二版三刷	西元2024年06月01日

讀者專線	TEL：02-23672044 / 04-23595819#212
	FAX：02-23635741 / 04-23595493
	E-mail：service@morningstar.com.tw
網路書店	http：//www.morningstar.com.tw
郵政劃撥	15060393（知己圖書股份有限公司）

印刷	上好印刷股份有限公司

定價 420 元
（如書籍有缺頁或破損，請寄回更換）
ISBN：978-626-320-384-6

本書手繪圖皆由作者繪製
其他插圖來源：shutterstock.com

Published by Morning Star Publishing Inc.
Printed in Taiwan
All rights reserved.

| 最新、最快、最實用的第一手資訊都在這裡 |